AQUARIUS

AQUARIUS

AQUARIUS

AQUARIUS

每個人心中都有一座島嶼，
藉文字呼息而靜謐，
Island，我們心靈的岸。

棄子 圍城

Siege of an Abandoned Child

羅 毓嘉

【代自序】時間是完整的

時間是完整的沉默。以為相互踐踏的歲月已經完美地結束，但其實不。內心時常掛念，門關上了，戲仍繼續，耗費青春寫就之物，折在抽屜裡，一篇怎也寫不完的劇本自行繁衍，標題下了又塗去，他們依舊是我的傷害者。

書寫抵禦著一切的傷害，美化疤痕，說穿了是記憶的篡改術。謊言說久，變成真的，只因說話者真摯地相信，自己是誠實的。非常簡單的道理。

我遠遠望著他們。在不同的場合，他總是人潮的核心，像恆星，但我望過去，只看見黑洞。深深地吸引，光線中子輻射。電流。宇宙與我們的輪迴，我總是有太多的敘事，但我不說話。其實很久之前我就不說話了。那年淡薄的雨水罩著城市九月的夜間，驅車轉回我家巷口，他攤開胸膛雙手說，抱抱。以為會是我們最後一次見面了，當車門關上，我回頭，白色的車很快消失在交通號誌那端，心裡的雨水落了幾年，很久，很久，像是永遠。

並不知永遠是怎樣一回事，但我們總這麼說。在我們知道那是怎樣一回事之前，我們說。當然後來就不。非常合理地演變著。關於成長，都是如此。

後來他接近我，他說，嗨。我說你好嗎，他說，在那之後，都很好。

瞇起眼睛我望著他的笑容總是太過自信，令人生厭，但我沒說出來，把斷弦接上，讓音樂繼續讓戲繼續，我說，那很好。我對自己說，是嗎。他不應該問的他也問，你好嗎。其實他知道我說的那些，而他說的我早有耳聞，用各種方式探測，掃描，隱形的偵搜機，巡航在不被彼此發現的，那黑暗的星圖裡。

點了一杯藍寶堅尼燒著朵火焰，好像蓮花，開在他掌心。火燒完了，我的靈魂一起熄去，他要了兩根吸管，插進去說，喝吧。

我們逼了口氣喝完一杯。他挑起眉毛說，再來一杯，而我不能說個，不字。藍寶堅尼他總是要這麼逼我，但也從未有甚麼事情發生，我們說話，說了很多，但全說不到心裡去，他說其後又過了幾年，國王與皇后一直過著幸福快樂的日子，他擰了菸頭踩在鞋底，磨了磨，我的腸子感覺在底下讓他踐踏著。

這樣過了幾年。稱不上有甚麼事情值得錄記，我成長為一個青年依舊憤怒，可逐漸被馴化，憤怒但無法改變，掛念但無法靠近。輾轉聽聞他們的消息，以英文字母編列，別類分門，持續猜測，賡造著時有時無的遇合。

愛是書寫一切的根源。恨也是。只是我遠遠無法恨他們，以恨之名寫下的篇章，滿滿的遺忘其實都是記憶，撕碎一張又一張紙，把他們的笑臉刺在身上，某次衝動打開簡訊匣，隨手打了些文字給他，也無目的，一開始真不知有甚麼話說，自顧自講著近況，那些衝突的糾葛的，別人往常問著而我一笑置之的那些，突然他傳來，他說，我知道你表面謙虛，其實很得意。

他說，你化成灰我都知道你是怎樣的人。

但他看不到我愁苦的笑容他不知道，與他的牢固相比，我是早已化為灰燼的人。

我從未成為他們披衣的織錦，卻撞見他們，間接聽聞他們的驚愕與災荒，飄泊快樂悲悽，富足的人何時站上被告席，忐忑面對跌宕的市況。藍寶堅尼的火焰總是很快熄滅，他當然可以再點起一盞幽冥的鬼火，但又豈能是我，與他額碰著額，肩並著肩，一口氣將杯酒飲盡。

是這樣，作為愛人他們一個個離開，作為書寫者我試圖讓他們留下。

於是我逐一搜尋他們的名字，在社群網路上。有時是他們先加入了我，多數時候則是我按下邀請。我看著他們一個個都是星系運轉的中心，留言裡邊暗藏過往的密語，他讀出來或者不，他們讀出來，或者不，都好，在我的書寫裡邊他們有他們的生命。可歡好與情愛，都經過篡改。

快樂不是真的快樂，悲傷卻是真的悲傷，他們的質量不一定大到都能形成黑洞，但我能讓他們一次次成為星系裡最輝煌的終結。

朋友說，為甚麼要這樣。為甚麼。披著一場雨，去到花台底下等著，雨並不多，也不太少，淋著，一個自虐者的影子。或許，唯有讓他們的引力持續影響，我才能記得當時最純淨的悲傷。理應是成長所帶來的強韌，但寧可記認他們，令殘酷與美善並存，記得深夜的話筒挨著，念過一條條語焉不詳的寫作，記得醉酒後短暫的溫柔，真實是無端的行走，書寫是碎裂的時間。

以為相互踐踏的歲月已經完美地結束，但背負著一個個夜晚我成長為背叛自己的書寫者，這篇是寫給他的，又好像是，給另一個人。我並不想說服自己，其實也不能夠，把自己埋得很深，把他們的臉鑄在我的墓碑上，再問他們，你會來我的葬禮嗎，但其實他們已不在了。不問，不聽，不知。無有悲傷，無有恐怖。如此時間過去。

年來我們對彼此施以最嚴厲的霸凌，我持續書寫，成長為不知他希不希望我成為的樣子。

時間過去，可能他對此遺忘了，星辰會崩碎，但傷口會痊癒。這些是完整的，時間是我完整的沉默。

棄子圍城・目錄

輯二 十夜

輯三 圍城

輯一

棄子

是甚麼時候
突然就學會了親吻
學會翻轉沙漏
並不等於扭轉了時間

我能看清你的臉嗎
像嬰孩反覆練習抓握
學會在離開之前
再碰觸你一次

煞死的十八歲

那年，幾座城市被疾病全面封鎖。台北瀰漫病毒與唾沫，在呼吸道衍生出更多壞的細節，極微小極微小我們的敵軍，沉默裡，不費兵卒便鎮壓了城市，攻陷所有醫院和社區。

還是十八歲的春天，悠悠的地鐵往南，我遇見他。

半張臉在口罩底下的他，半顆心懸在列車行進節律裡的我。

他的細框眼鏡真是有氣質的，口罩遮了半張臉，可遮不住眉宇間蒼朗的稜角。西裝公事包，一雙好看皮鞋。幾站過去，我看著他必然也是看著我的，眼看著自己將要下車，不知怎地，突然一股衝動上來，抽出了背包裡的3M便利貼，草草寫上電話號碼，下車前三步併作兩步，就把便利貼往他掌心裡頭塞。

那個春天，每個嫌犯都是病菌暫時的居所，每一次呼息吐納都可能是牠們遷徙的道途。一瞬間，我非常確信，自己的視線穿透了口罩，在底下看見他，他在沉默裡發笑。笑得讓我心慌。

隔天，一通電話響起，知道是他。

搭著公車到達約定的地點，他停了車恰好就停在我的面前。

他搖下車窗，說上來吧。又笑，說，你還戴著口罩做甚麼呢，讓我看看你的臉。讓我好好看看你。是那時，我也才看見他的嘴角，右臉頰，他鎮鎮定定發動了汽車說，吃甚麼？我甚麼也不能回不能思索，不知怎麼就決定了，都好吧你說呢，都好。那年春天，他扶著方向盤的左手無名指，有隻銀白色戒指，城市居民草木皆兵杯弓蛇影，急於窮盡一切方法，找出患者與不良品。

都記得，記得。記得我那年十八歲，壓低音頻藏身書房裡頭，兩個人，靠著電話構築細弱感情的夜晚，肩膀相依搭著直達三十八樓義大利餐廳的短暫時光，我也不只一次想像著，他總是筆挺的西裝底下是如何一具身體。

他的溫度如何，他的激烈如何。

沒有一場疾病能像愛那樣讓我劇烈地發熱。

SARS肆虐城市那期間，每個接力著咳嗽的人，都是攜病帶菌的嫌疑犯。我很想吻他，可是我們沒有。某個晚上，電話未曾傳遞疾病卻傳來了一個女子拎起另一方話筒的聲音，她說，早點休息，不要每天都講電話到那麼晚。她說話非常溫柔，像他左手無名指上套鑄的白金戒指和他一樣寬厚。

我的胸膛像被甚麼滿滿地浸潤了我聽他說，我再打給你。他說，晚安。後來我再沒接起他的電話。後來，我手機掉了幾次，我想他也是，斷了聯繫兩個人，有時我會戴著口罩，想再次記認某些特定的場景，疾病封鎖城市，是他封鎖了我軋平了一整座初夏。

又再後來，幾年後，一個霪雨霏霏的週日午后，那時我走進往常去的咖啡館，還沒來得及坐定，笑語抬眼之間，竟看見他。在我慣常坐著的位置上，穿一件深藍色Polo衫合身地搭掛著，當然也看見坐在他對面，一個溫婉馴良的女子。

他和妻端坐，如此康健堅強，笑顏朗朗。

我閉上眼睛又再睜開，看見當真是他正看著我。他表情裡帶著複雜的渣滓，露出一個近乎看不見的微笑，低下頭去。

我突然便懂得了，當時怯懦的人並不是我，是他。他與我抱擁，但並不吻我。不要。我想問，SARS已經過去許久許久了，可這最恐怖的季節何時才會過完？我想起了，即使是在城市南端蒸騰的溫泉霧氣裡，他也沒暫時除下左手無名指上的白金戒指，而無論何時戒指卻被體溫熨得火熱，如此觸手生疼，緩慢細微的撫摸間，是他的掌心與指腹，他的胸膛臟腑，以致他的心，也還是近得比甚麼都遠。

一座城市，一場疾病。兩個人，三個人，卻遠得比甚麼都近。

回想起來，那是我最熾熱的一段歲月。偶爾我會想起他，以及後來的他們。十年過去了，再次遇見的咖啡館早已易主，海的那邊，倫敦又再傳出疾患的狼煙，SARS是一場浩大的生死，而我也有場澎湃的愛與恨，像地鐵車廂裡隔著口罩一樣寧定的記憶，把所有心動都給篩濾過了。

那確實是我熾熱的十八歲。

三月的流蘇雪

春天才來，流蘇轟然鋪滿了整座城市。人說，流蘇是三月的雪，先是雀鳥歌唱，枯木生嫩芽，驚蟄後總以為空氣初暖，卻不想雪怎麼又來了。那年，我穿過政大山上那片片落落的流蘇枝枒間，下山去會他，還沒到恆光橋頭，先看遍了雪白與豐華。當我想起政大後山的流蘇，也不知思念的是花還是他。

流蘇是我們一整座山的花白，一整座城的凋零。

世紀初也沒幾年，彼時人都還用著BBS，純文字的介面，反白的一個個ID後頭暱稱打著「%%」符號，像是彼此通關的密語，暗暗說，我在，你也在。

突然在蒼茫人海當中我們遇見。一個ID傳了訊息來，寒暄幾句，說是住在政大後門，短短一河之隔的地方，他說了話，他問，我答。可我還沒怎麼問他，便衝動地收拾了背包書籍，款起甚麼就這樣去見他。那年春天，政大後山一整片流蘇開得張狂，開得喧譁，我一個人走上山，穿過外語學院文學院，循著斜坡往下，過了橋約定的時間他銀色豐田停在那裡。

開車這人，身著一件白襯衫，西褲，領口的釦子沒繫緊，乾乾淨淨一個人，透著柔軟精的氣味不知是車的味道還是人的味道，天色都還未晚，怎這麼早就下班？他側著臉，呃的一下說他是記者，時間自由。我說我念的是新聞，他哈哈一笑，說真巧。聽出話裡有點陌生的腔調，瞇起了眼角像座飛簷，猜是外省人，果然，台中來的，在台北住了好久，城北，城南，都曾待過。

領我去他住的公寓，他說，我得寫稿，你就念書吧。

卻怎能專心，他敲打鍵盤的聲音，疙疙瘩瘩都戳在我心口。

政大後頭是山坳的氣候，即便春雨停了許久還是一陣濕氣按著，像一場不散的霧，飄著飄了，潮潮的氣息從溪谷裡開上來把心頭都蓋滿。我胡亂翻了幾頁書，卻不能專注，為甚麼見了面卻要我自己緩慢地風化著？我懵懵懂懂走到他背後，伸出手想碰他。他說，不行。我說，為甚麼？他說，找你來只是想看著你，但我不能碰你。他說，我是有人的，有人的意思你懂嗎？

他把手指伸進我的頭髮裡娑摩。頭髮亂了我亦沒有閃躲。他說，你要好好讀書，期中考完了再帶你去看山看海。

過一陣子，看海是沒有的，山倒是看了很多，很多。

每次他從BBS上傳了訊息來，我便打傳播學院離開，穿過一樣的路徑，穿過人海花海樹海，到恆光橋頭找他。有時他讓我安坐在三樓公寓窗口，他寫稿，我看書，有時他則閃躲，他說，我家那個好像有些知覺。我又貪他，央他，纏他。我說，我真很喜歡你，感覺差一點就要愛上你。彼時還不知這字太凶，且毒，像夾竹桃的黏液一般沾他，他說不行，我是有人的，不早跟你說過了？

他說過的而我亦聽見了。只是不願記得，不願承認，可原本我還會問，為甚麼，後來幾次，便不再問。我折返於大學校園的前山後門，熟習他的窗明几淨，花開花謝，樹枯樹榮，但不能夠。

哪怕我揀回萬千枯枝，不能在他世界裡築上我們的巢。

他越是禮貌越是蒸得我意亂情迷，像流蘇開落，給了我一整座山的花白，他不給我，我便覺整座城在暮春裡飄零。

也不知怎麼，校園裡突然傳開了消息，另一個男孩在BBS上寫信給我，我這才知，他都是要男孩們走一樣的路去找他。那男孩要我離遠一點，男孩惡罵，詛咒，口口聲聲他才是先來的人，我不知他怎會知曉了，可能校園太窄仄，其他人傳來傳去，都沒所謂，但我說，他都沒碰我。我說的是真，男孩還像長出了滿身的犄角，毫不收聲罵，說謊的賤人。

我沒說謊。其實都不知怎麼說謊，或我該真正說個謊，告訴他，我們好過。

只是一切歷歷在目，擺設在他小小的公寓，從窗簾到花瓶，軟蕊與嬌瓣，我以為我是愛了，但過不到一個季節，流蘇花謝完，接下來就是暖天了。都沒所謂。我離開，而他們會消失，會離去，人生本無定靜之物，流動需要許多氣力，但停止也是，他打從開始便對我誠實，是他教了我，誠實也能是教人憂慮的美德。

究竟是太貪心，是我明知不可為而為。

還是還是，會是我填補了他的時間，將他的貪養成了巨獸？

可我又是節制的，即使愛得熾熱，也不去問，那你為甚麼要找我。不去問，當年BBS上，他曾傳過多少訊息給此處彼處的男孩們，又有幾個人同我一樣，走過花海樹海人海，過河去見他。直到後來，我也成了記者，四處的消息傳來，他離職了，回台中了，有了自己的小生意，四處跑，原先的電話號碼卻沒換，我照著季節，偶爾想起便給他捎個訊息，問他好嗎，卻其實想，不管怎樣回覆，他的答案，我都沒必要知道了。

這時三月即將過完，卻還是流蘇的季節。

我想若這花能多開一天，也好。如此能有鳥在樹間棲息，人在影子底下走。

步行之間，看城市四處被白色流蘇占滿了路途，我才知道，城市能為一場無始無終的愛而凋零。雲壓得很低，生活是風，吹過就吹過了，後來，當我聽聞他們從有人到單身復又有人，努力練習不被情緒所導引。

只是我仍不免思念。有時，很少的有時，我會在自己的房間讓窗向外敞開，遙看過往的政大後山，曾經有場匍匐密密的惡雪，下在我的心頭。

在錯誤的一天

在錯誤的一天，我拉開落地窗，走進夜晚，讓夏夜晚風吹滿我的衣衫。對門的窗口，百葉窗半遮半掩，曬衣繩垂懸著一座座深淵，當風吹起風吹動了衣衫竟如幢幢的鬼影。那天，城市四處張貼各色長短文章。關於我習練的技藝，我的事業半明，我的精神分裂，幻覺，趨近與毀滅。我所記得的他我所記得的他們。

從未曾認真思索是甚麼命我書寫。但我想起了。城市四處沉默的，隱匿的過去成為我說的理由我書寫的藉口，都是要他看見。

要他看見我。

那時他說，我想我並不是。我低下臉去說，是嗎。是我自己引來了黑暗。而他便這樣包容了我。在我錯誤的每一天，讓他的笑容校正我的時差，我伸出手，復又收回，我不曾真正擁抱他。

在男孩路上，我們仍然困苦的年代。

困苦的人依偎著微弱的燭火，追索火焰裡微薄的溫度。我還是卡其色的少年等待著，等待他終於回過頭來微笑，一雙單眼皮的眼睛，清淺，卻又深邃，引誘我在沙地上越過明知是陷阱的標記處，引誘我像船舶越過赤道，是熱帶風暴領我守候了，讓我天翻地覆我心念虛懸。像單輪的推車在已無氣力的上坡路。是他給了我錯誤的一天而事情從一封信開始。

我像任何一個戀愛中的男孩，穿過課間掃除的人群去找他。

等他回頭，我會從胸口的口袋裡拿出封信，不著痕跡地把信放進他左胸也有的那只口袋。

若他回頭我會假意和周圍的人們談天，抄寫昨日派發的作業，再次談天，並繼續抄寫作業，即使我對他們毫不在意我對作業毫不在意。我會穿越那些擋著我去路的其他男孩，塞給他一封情書等他回頭，等待他十分鐘後，一小時後，一天後的回答。戀愛中的男孩從不確定。但戀愛中的男孩必須意志堅定。我想我準備好了，準備把自己偽裝的生活剝卸下來，給他。給他在一個燈火通明的地方。

可他沒有回頭。

於是坐在我前面的他，我們的距離像是一光年。是光在真空當中一年可行進的距離。而是的，我們之間，就這樣了。

就這樣了。和他相遇在一個美好夏天的結尾之處，現在想來，夏天之所以會結束不過因為時光流逝的本質。啊，意識裡繾綣蔓延，長得像是不可度量的夏天，也總是很快過完。那時身邊盡是陌生的，穿著同樣制服的臉孔，一個旋身，卻看見他睜大了仍似瞇起的眼睛，他用髮膠吹整起的簡落飛機頭，不由自主伸出了食指，彷彿要碰觸灰白水泥色牆面環繞中，那唯一的光源。我張口，讀出他卡其色制服右胸口繡著的名字。

我說，我喜歡你姓名的最後一個字。我沒說出的是，那個字，好像臨望人世痛苦，哀愁輪迴，還能夠微笑以對，即使受盡苦楚世界依然完滿，即使耐受青春燒灼的火焰與情緒揪扯，也都還能。

他笑開了說，我也喜歡這個字。那笑讓我感覺，心在石磨上慢慢碾著。

在錯誤的那天，他大剌剌轉過身來，跨坐在他的椅子上問我，你在寫甚麼？

我說，你不會懂的。那潔白的紙上，是我瘋狂也似地寫上無數個他的名字。但不能承認。像錶匠把細小的齒輪放在正確的位置，像時間令我謙遜，像愛情，讓我對於裡頭所需的一切專注與孤獨的排練感到興趣，我竭力將他的名字寫得工整，然後嘗試歪斜的方式，把他收編為我的手藝，而非只是一襲寬闊的臂膀在我面前但無法碰觸。不能承認。

他說，噢。又說，放學後要去哪？是因為他的名字，他才會冷靜自持地接受了我，是嗎。因為他的名字為我抄寫。因為他的名字讓我內省。

讓我猶豫，猶豫而沉默。

後來我們並肩，走過植物園走過校園與西門町不同頻率的聲音，荷花池畔有鷺鷥展開闊翼，紙鳶般滑翔而過，在空氣中劃過的波動，就是我的心跳了。是落日淡水的堤防，那船啊遠遠地駛去哪裡。他說，那裡就是海了。他笑。臉就深深地陷進眼眶裡頭去，那是某個我至今仍不太能確實定出座標的地方，海天融接之處，我便不能夠看見他的眼睛。

給我一雙翅膀好嗎，讓我能夠飛。

也不用太高，只要能高過肩膀看到你的笑容，夠了。

於是我寫。

寫作的技藝，實在沒有甚麼值得觀看。一個人的愛情也是。眼睛與紙筆之間，不過幾公分的距離，愛也是。兩個人之間幾十公分的距離，卻遠得像光年。有一封信我寫完但不曾給他。我只希望他能拉住我不使我陷落，讓我走出黑暗只因我熟知黑暗裡所有的腳步聲。

在錯誤的一天，我和他掛在籃球場邊的四樓高度，靠著水泥杆欄相互告解。他說，我想念你。四層樓以下，少年們飛快地運著籃球，旋身拉竿，投籃，進。然後我們同聲滴下眼淚。

那裡有猶豫的沉默。接著他說，可我是長孫，不能跟你交往的。

我說我知道。當我記起所有這些，我向後把自己放倒了，仰臥看著空寂的天花板上電扇空寂地旋轉，發出低頻的噪音。在錯誤的一天我迷失在不斷變化的世界裡，回身去，變成一個男孩子做著每個戀愛的少年都會做的事，寫一封信，不曾送出。那封信便這樣壓在抽屜裡，像匍匐的胸口給甚麼哽著。

我們便行遠了。在不同樓層的不同班級。再是同一間大學，不同學院的不同海拔。人之成長，很多事情就不一樣了。我決定不再循著他的編目往下寫。我開始遇見其他的他們。他。他。他他。我們終於變得對青春的自己陌生。

在錯誤的一天我曾在我們朋友的婚禮上見到他。

見到他跟那個年輕的女人見到他們彼此牽引的步伐，我知道他已註定要成為一個真正的男人了。

在錯誤的一天，我在他的婚禮上見到他。在錯誤的一天我進入了廣大的世界。他和她也是。錯誤的一天我在他的臉書上按了讚，還不夠，我留言，寶寶和他爸好像。那裡有沉默的猶豫。當音樂結束，我看著他當我成為一個戀愛中的男人，口袋還有一封信等他來讀，我希望這婚禮如我所想像的那樣淺薄。

我希望他回頭，我會從胸口的口袋裡拿出封信，當他的面前把信撕碎了，所有紙屑，則放進他左胸也有的那只口袋。

問不出口的問題是，當年那兩個輪番從牆頭一躍而下的男孩，現在到哪裡去了？

「如果你的劇本裡有個bug，那肯定就是我了吧。」

直到很久、很久以後，他換上了西裝他成為別人的父親，卡其色制服熨得直挺吊掛衣櫃，不再取出，那年訂做的長褲當然也穿不下了。我們的身體乃至於心靈是如此容易改變，街頭足以證明兩人曾經並肩的風景，數年來幾經更迭遂無從辨識，唯一不會變的剩下夕陽。但他不再和我一起漫步。堤防上，也沒有人會信心滿滿地，為我指認出海和河模糊的交界。

我仍想起男孩路上，我們困苦的年代。

劇本還在修改，盛夏消蝕，秋風乍起，從青澀少年排坐的教室開始，可無論未來變得怎麼樣了，在錯誤的一天我等他來搬演缺席的那段情節。我在缺少名字在不被看見的地方，在錯誤的一天，我孤身旅行，帶著大半的人生。耳機裡的音樂斷續，讓我跳起來，讓我寫。讓我思念。

戀愛中的男孩，總是在錯誤的一天，寫一封不曾送達的信。

卻沒有其他的話了，他的手放在我的膝蓋上。像是要確定我不會消失。兩旁明亮的街道突然暗了下來。

我也想確定的。是誰想繼續前進又是誰被過去所誘引。那天，男孩路沒有任何的路燈。他選擇了自己要走的路，而我也是。亞熱帶的城市裡哪來的積雪，我不斷回頭，確認我們留下了足跡。卻已經不能回頭了，像是騎士在雪原裡不辨方向，他放開了韁繩，卻仍期望著，有人能在黑暗中的回程呼喊彼此的名字，喚起當時曾走過的方向。

當風吹起風吹動了衣衫竟如幢幢的鬼影，在錯誤的一天，我拉開落地窗，走進夜晚，讓夏夜晚風灌滿我的衣衫。

裡面，甚麼也沒有。甚麼也不會有的。

領口的玉蘭花

忠孝敦化路口，下班時間總有太多車流噴出疲憊的煙塵，把牌招和行人的臉孔都遮灰了，再多燈光霓虹，再多妝底唇蜜，也萬不能改變那張張已累壞的表情。每個人都在張望，等紅燈轉綠，等行，等停，視線遠遠地空缺像望進了那正逐次沉澱著的未來，更彷彿不知該張望甚麼。尤其是那賣玉蘭花的老頭，望每個人舉起手中的花，說，一串二十元，三串五十元……

這麼多年來，通貨膨脹也不知走了多少，玉蘭花的價格卻始終沒變。

若是四、五串花，大概還能抵上一個簡單便當吧。

鎮日盛夏日頭炎，那老頭不時拿起噴槍往玉蘭花灑水，花給摘下，自然便老了一天，當號誌上的小綠人跑起來，花便黑了些，黃了些。也是那些老了整天的路人，誰都沒搭理他。多的是粉領族禮貌性舉起右手，作勢說，不，不了，也有人逢老頭走近，便逕自退上一兩步，安全地退了開去。晚上的忠孝敦化，人行車流都哄然的路口，玉蘭花比那兜賣的人更老了。

一輪半明月色掛著，花在腐敗，黑著，斑著，卻是益發縱恣地發散暖香，讓夏更夏，讓夜更夜。讓匆忙的更匆忙沒人為花停下。玉蘭花始終帶有月的香氣，可這城市裡，光線聲音太滿太光亮，誰能看見呢。

卻有個運動裝束的大男孩，三步併作兩步靠過來說，我要買花。這花怎麼賣？

一串二十元，三串五十元……

那我要一串。大男孩望他那只運動提袋裡掏了幾下，裡頭該是有雙球鞋，或許還有健身手套，背心之類，正當他掏出零錢包，一個穿西裝的中年男子也靠過來，說，這花好香。大男孩回說，可不是嗎。老頭解下一串玉蘭花，正要往大男孩掌心裡放，大男孩望錢包裡窸窸窣窣翻看著，又說，你說三串多少？五十元……那給我三串吧。

穿西裝的說，你這人就比花香了，買三串幹嘛？

大男孩也沒說話，等老頭算清了三串便掏出個五十元硬幣，將花接過手來，銀貨兩訖了。

近二十朵玉蘭花，沉默的暗香瀰漫，大男孩把串花掛上提袋，說這串呢是我的，至於這串呢，隨手把綁著花的鐵絲拗折幾下，當成個別針也似，就往那穿西裝的襯衫領口別去……自然是你的啦。還用說。還有一串帶回去給我媽。邊對那穿西裝的吐了吐舌頭，俏皮淘氣的神色，連他那雙寶藍色運動鞋都亮起。

穿西裝的也哈一下笑了。拉起領口像要確認甚麼似的，又說，這花還真香。大男孩說，是吧，是吧。轉過頭去同那兜賣玉蘭花的老頭說，謝謝。老頭拿起花灑噴水器，對花胡亂噴灑幾下，也說，謝謝，謝謝……

大男孩拉了穿西裝的袖口說，好了，走了。

是一對勁裝短褲都遮不住的小腿，併著一雙皮鞋，兩人的行伍很快便消失在人潮那頭。那是下班時間的忠孝敦化路口，紅燈綠燈依然兀自變換著。車流依舊，行人依舊，煙塵光線還是一樣的煙與光塵。

玉蘭花又老了一些。那賣花的老頭，繼續對每個等路的人，舉起手中的花，說，一串二十元，三串五十元……

第二十九天

第二十九天。事情像奇蹟一樣發生，總有天卻要結束。幾天以後，或者再晚一些，終於你們要變成陌生人的時候，太平洋也暗了下來。

那是閏年的二月。二月有二十九天的第一天，你認識他。是還沒有智慧型手機沒有各色交友軟體的時代你們在網路上遇見。一個黃皮膚的美國人，他說，來台灣度個長假他說，要見面嗎？回溯到你們共進早餐與咖啡的那天，你想自己已寂寞太久在研究室的燈光下腐化，冬天這麼長，繁殖出更多更多更多的憂鬱。

你就說，好。

他有一筆口字鬍。一個寬朗的大個子，操著標準的英文和不標準的中文，那個月台北像是座陌生的城市，兩手交握拖著步伐，走過了明亮的便利商店門口，走進一間偶然發現的咖啡店，沙發上緊相依偎的肩膀與手臂。他總在你機車後座毛手毛腳，他說，「其實我喜歡坐你的機車，這樣我能娛樂我自己。」你回他，「你真的很淫蕩。」他便大方承認，也就是，全然不避諱將雙手伸進你腰際褲襠的意思。啊，是個怎樣的男人呢——從書架上抽出聶魯達雙語對照的詩集，笑吟吟說「我最喜歡的詩人」，驚喜回應說也是你的，他就哈哈一下說你這學人精——上回他也率先發難提及對阿莫多瓦的讚譽。

二月有二十九天。第五天開始你愛得像個花痴。但不能夠。

他說我是要回美國的他說，並不希望有情感上的涉入。他說他說。然後你們開始倒數。二月的第七天，第十八天。第二十九天。

你曾試圖維繫那脆弱的平衡說不踩線，不越界，不承諾也要儘量避免憂傷，每次會面都快樂地對談，用英文或不流利的中文，用中文或不流利的英文，當他問，「兩個人非常有禮貌非常沒有情緒地一起做事情是甚麼意思？」你拿出筆記本生生寫下「相敬如賓」四個字，他復又稱讚你手筆漂亮，「你是說筆跡，」你說。那日走過燈節寬闊的通道兩旁皆亮著，他拉你的手，輕罵，「人們都在這裡是因為沒有別的事情好做了，」你說，「我也正想著一樣的事情。」

他說，英文裡頭，那句話是，「你把話從我嘴裡掏出來了。」

你說噢，是這樣啊。你說。

第二十九天。晨間在研究室讀新聞，寫報告，吃兩顆蓮霧等他。其間往圖書館還了四本書，往返三封簡訊奔跑在走廊間，平底鞋的聲音迴盪四處不知有無打擾教室裡其他的課程。一度你以為自己愛上他，但轉念喝了啤酒抽了菸吃了巧克力的社會所左近之處，同朋友們大笑之後便離開了迷戀。能夠安靜地看著他，領他走往台北城的各處，可以把飲料打翻在他的襯衫上。

你們從不遲到的——但今天你遲了快半個小時，到了東區他已在咖啡店門前亮晃晃地抽著菸，他見到你他說，「擔心你今天不來了。」拍拍你肩膀說，今天坐的還是上次位置。

早先簡訊上寫著，「我會再給你多一次機會，哈哈。」

意思就是——傻瓜，你不要再把飲料弄翻了，我不會中計的。

你很想好好回過身來看著這一切。當他在後座讓胸膛貼著你，當他說應該再多見幾次的時候，當他無視紅燈旁的公車，恣意地環抱並以雙唇含住你右耳的時候，怎還能冷靜地說，你們沒有情感上的涉入。其實甚麼都沒做，卻為何如此快樂，難道因為以往的快樂都不是真正的快樂，所謂不允許自己快樂的種種原因是否依然成立？你不知道，第二十九天，兩人在咖啡店無人的角落歡笑出聲，他笑的時候眼睛同你一般瞇成條線，你對他說，你眼睛很小，他說沒有你小，你回嘴那是因為你頭大，他沉吟半晌才說，「好吧，你說得對。」

然後你們在咖啡店無人的角落親吻。

然後你們在咖啡店無人的角落擁抱對方。然後，然後。

沒有然後了——你們都知道，倒數即將終結，但無人去提去問，不怨，不問，不哀傷，各自想著各自的以後各自抱懷憂患他說，「你夏天應該來看看我的。」但事情為何是這模樣，你們太快樂了——你和你的假期情人在手機行選定手機，他說要藍的，「那你就選紅的吧。」一看紅色甚漂亮你就欣然接受指揮，可以不思考可以不哀慮可以安安靜靜接吻。

「來吹一下喇叭當甜點如何？」然後，然後，沒有然後了，第二十九天，事情像奇蹟一樣發生。「這會不會是我們最後，」你話說到一半便讓他打斷，忠孝復興站哄然的人流裡你們擁抱並深深親吻。

時間停止又再開始運轉的時候，歡悅的情緒是，兩個終爾合而為一的世界。

「當然，我們再見。」他說。

你給不起的，還有誰能勇敢步向那急墜而下的梯階，通往滿街滿屋的壞天氣。

第三十一天，他拿出報紙與筆，玩起填字遊戲。你靠著他肩膀說這太難了，他問那你玩數獨嗎？你說當然。接過紙筆算算1、3、8、2、5，於是這裡應該填9，那裡填7，以及6、4就簡單完成一排，他說，「噢你真的很會，」把大手伸進你襯衫底下，耳際輕輕地吐氣說，「現在，再一次試著專心在你的數獨。」

想起第二十九天那些話語，你人生有了不同方向，他是愛你，抑或不愛，畢竟你們從未有過情感上的涉入，你們不願不想不能克制的碰觸，不知何時已經開始，他這禮拜不走，下禮拜又是否會走。終於要分開的身體，你雙手緊緊擁抱他下背他腰臀不願他從裡面拿出來。踱步到光華商場，買記憶卡，轉接器，隨身碟，說美國的電子產品貴上天了，還是台灣買便宜。但最後終於沒買的那些，「其實上回買的還有些剩下，」問他為何不買多些備用也好，他拍拍你後腦杓，說，「這樣我就可以叫你夏天幫我帶來。」感受他的胸膛與手環著你，像曾經保護了你的安全氣囊，如果那裡發生一場致死的車禍，知道他在，寬厚接住你墜落，如果一個吻有兩小時那麼長，你想，世界末日大約就在那裡了。

「謝謝你這些日子以來陪著我。」他說。

「不客氣。其實是你拯救了我整個冬天的寂寞。」

你真想這麼說但沒有說出來。遠遠林裡，樹之自焚是為成就春泥。

最後一日來了許多許多次。

碰觸的同時，他說，「其實我真的不希望有情感上的涉入，」像是否認著甚麼，大手才從背脊間滑過，說話聲音低低地壓在喉頭，「而且我想，你也是不希望的。」第二十九日過了再是第三十日，第三十一，沒把握的情節就別往下寫，幾許字句詩詞都給揉了，都扔進字紙簍，像朋友形容那張被咖啡浸濕，再不能辨析筆跡的長詩。而那時你們已經墜落。

他說，「當你很認真想要找到甚麼東西的時候，你都是找不到它，」

是啊，就像愛。

第三十三日，穿行台北城內的路線終於再度重複，你自覺像個旅人。

三十四天，見十七次面，夠搬完一則黑色喜劇了。

或者是一齣演不完的恐怖片，總有個寂寞女子在夜裡雕花，對影低吟，從鏡裡揪出自己長髮梳理一次，又一次。

他每次總說，「我們再見，」機場大廳挑得很高很高，白花花的清晨無人聲雜遝，但有回音空空，春分原來是個冷的節氣。你記得半山的風，騎過新光秀明路口時沒待轉給開了張行人違規罰單，到了貓空纜車站前才想起當日週一，你記得捷運站來往的各式高跟鞋與手提包與耳機裡的音響，兩隻同款手機永遠對傳不完的藍芽訊號，擁抱，並且親吻，並且淫蕩地口交的時刻，然後他說，「好吧，再見了，」他問，「今天去吃肥前屋好不好？」你其實想吃明月湯包，但他央著說，「這是我的最後一次了，」還能說甚麼呢，是他正要離開，機車後座那胸膛靜靜暖著話語，甚麼都不中用了。

第二十八日，他說，「其實想要多留下幾天。」

第二十九日，他說，「錯過這班機，就不能訂到四月初之前的機票了。」也就是不得不走的意思。第三十四日，該走過的山徑與燈火都已看盡，來不及等到夏天不能換上最好看的背心短褲，時值春分，日夜等長，此後的白晝即將浸蝕每個月夜，算過幾度上下弦月你想昨晚滿月如鏡，撫過他膚質甚差的臉，坑疤起伏，遇上鋪不平的柏油山路他總說，「噢，表面很差勁，」你們倆本該一路行難。

一切已是壞到底了。安靜得難以抒情，又傾斜得難以療癒。

這日，往東的班機是順風，抑或逆行。

你把車扔在迴車道上，還得抽上並肩的最後一根菸。

「該進去了，」他說話腔調沉鬱得像你們首次做愛時耳鬢廝磨的細語——進來吧，這裡充滿了神性；進來吧，推開門，像明日就要歇業的獨立咖啡館——他在浴室理清鬍髭的背影是個預言，你緊抱他厚實腰腹，他說怎麼了，我的小傻瓜。往後的日子，終於寂寞的時候知道他不會在，不能再同看一部晚場的電影，若騎車前往長春復興路口的便利商店，這個大塊頭也不會背著螢光綠色包包走來，寬朗笑說，「擔心我不來嗎？」

冷不防他伸腿猛踩你右腳，嗳，這麼淘氣的一個人，當然是為了再次聽你尖叫。

他說，「好了，我會記得這個聲音。」

他說，「我們再見——」

或許是夏天的芝加哥，或許是，第三十四日，話語無以為繼，也就停了。一切意義都已消失的春分，你站在機場離境大廳看他離開，看他回頭三次，看他消失在再看不見的轉角處，像你們晃悠政大校園那黃昏——你打背後攝下他遠走的背影那樣，非常非常地遠，非常非常地靜。

是黑暗將我們

在他那裡我是沒有名字的。過來，他總是這麼喚我。他說，過來，我便跨越酒吧的人群，跨越世界，跨越清醒與盲昧的邊界，過去找他。我沒有名字，或許也不需要，只要有黑暗將我們連結在一起，我便為他在隆冬沉淪，在仲夏覆滅，直到最底，最底了，夜鷺暗暗地從窗口飛過。兩個人之間，總是充斥光與黑暗。光令我們目盲，卻是黑暗真正連結我們使我們相愛。

若認識那天他喊了我的名字，我想我不會像一個賭徒般愛他。

他總是不喚我的名，光要我過來。要到很久之後我才懂了，是我沒能把自己的名字留下。

那年那天，人聲鼎沸的舞廳裡，我和朋友們攜手沉落，浸泡在酒精與音樂當中，他突然闖了進來，就在包廂的桌子對面坐下。舉起酒杯，對我說，嗨，你過來。於是我過去，只因他有一雙劍眉，鳳眼，太過好看，粗厚一雙大手，酒後腆腆的肚腹也有溫度，我們乘著酒意，言語來回，聊著，卻不知甚麼時候他在我手中塞了一顆藥丸。他沒說那是甚麼，我也沒問，便把藥丸咬成兩半，決定吃較小的那一半。

過些時間，音樂突然轉強。七分鐘的舞曲加過門，短短的時間卻變得很長。我勉強睜開眼，確定他還在，他笑得很沉默，很寬，靜得像一個房間，整個舞廳遠遠的，像是另一個房間。世界有震天價響的聲音，有些房間則很安靜。

他是比較安靜的那些。他說，還可以嗎？

我沒答他。我慢慢地往下沉。恍惚間，他拍著我的臉，說，嘿，過來。

當我意識到自己已經不在那裡的時候，我們已持續脫卸著彼此的衣服，粗糙的動作，暴虐而又熱情，我脫去他的長褲讓他的腰帶釦發出琤琮的聲響，他躺下來，抬起雙腿讓我褪去他內褲。他一雙大手摸過來，我有點想推開他，可身體動起來，卻是緊緊地抱住他彷彿他是一根浮木。我以為那應該是慵懶的，引誘的場景，但並不是，我們太快樂了，熱切地爬向床頭櫃上堆滿白粉的鋁盤，他肩膀上每一滴滲出的汗水都讓我即將抓不牢他，因此更要用盡力氣揪緊了，困縛了，像我們用每一個細胞彼此充斥，黑暗裡他的臉變成一個發光的泡沫，自我面前飄過讓我伸手碰觸。

當我們清醒過來，我的眼睛回到陌生的房間，他也在，他並肩躺在左側他說，過來，握住我的手。命運像一顆彈珠滾到我面前，天光乍亮，想起那一整晚我都想要將他擺脫，卻更願意把他占為己有。

身體的探險可以很簡單。以為那夜之後我們不再見面，但某天，他傳來簡訊，說，我有點想你。我想著他的鬍鬚，他雙唇半開那需索的臉孔，喉嚨有些乾啞，回傳了說，我也是。

他說，那你過來吧。

唯有神智清明的時候，我會稍微注意到他那布置得散漫而又鮮豔的客廳，鋼琴，雕塑，與油畫，有些令人困惑，但我不問，然後我們進食，對話，持續了一週的雨仍下著。語言流轉間，落地窗外雲層突然打開，打亮我們的眼睛，沙發上我們雙手交疊，側坐，他點上的薰香氣息填滿胸臆，填滿這丘陵高處的城，我站立，我坐臥，想像世界正讓我們錯過等著自己的人，然後他站起來，伸出手，要我握住他的手將我從沙發上拉起來，並且再次給我藥丸。

有些見面的日子他會顯得疲累。

他說，工作嘛。卻還是給我。他給得荒唐，給得豐沃。像土地。要我過來而我無法拒絕的時候，更像是一個父親。

有些時候我們外出。他將凌志輕巧地停進電影院的車格，撳熄了車內燈並轉過來吻我。他從助手座的置物盒中拿出一些乾草，散出濃郁的香氣，僅憑雙手的觸覺便抓妥了分量，填充菸斗，並且點火。我聽見他呼吸時菸斗中爆出些許火星的聲響，然後他將菸斗湊到我嘴邊，直到我們一起被豐滿的幸福感推倒了，才蹣跚地走進戲院。

我們太快樂了我們粗率而大意。還沒來得及意會過來，當我一次次抵達他所在那半山的社區，他已在梯廳門口等著，他笑，笑起來讓我毀滅。

讓我像賭徒般愛他。等待他每一次澆灌我。

有些午後，我在學校依舊接到他的簡訊。每週會有一、兩個下午，我會出現在他居所，惹上塵埃與陽光，等天色暗下我已經在頂峰了我會叫他抱緊我，再抱緊我。像雨水潑過滿是枯木的荒地。也有些午後，我們會因一通電話而自昏眩的動作中暫停，我聽他，對著電話那端報價，講價，清醒得，像是我們從未對此迷惑。

有一天晚上，我從意識的深處逐漸甦醒，抬起頭來看見他在床緣獨坐，渾身散發一種近似於滿月的光暈。我看得慢了。遲了。夏季的時辰仍悄悄行進著，那時不知為何突然引發我的恐慌，感覺我們即將要彼此失去，我張開口，感覺夏夜的涼風灌進我的喉嚨，撐起全部的力氣想要喊他，我卻總是為愛啞口的那個人。

我很想喊他的名字可是我沒有。

他轉過來發現我正看著他，他說，嘿，你，過來。過來我這裡。

我便清醒了。他還是不喚我的名字。像我並不真的存在。像是，我對他的愛，不過一場盛大的幻覺。

是他的唇吻過了我。臉頰，脖頸，耳垂，還有日久以來逐漸顯得健壯的手腕，嘴唇是熾熱的而心臟也是。不休止的碰觸在明亮房間裡，像是要重溫記憶裡少數靠近的白晝，當他牽我的手說讓我們一起到任何地方去，任何地方，也許在音樂裡沉醉也好在電影院裡手牽手陷入安靜的黑暗也好，他不知道那時我想，他已經是我的任何地方了。我們還能去哪裡？

放眼四處都是黑暗，愛是最盛大的黑洞。

直到某一天，他爬到我身上來，突然用我從未聽過的聲音，嘎著嗓子，喊我，我的名字，他說，嘿你跟我，我們這樣真的可以嗎。在那之前，在他那裡，我是沒有名字的人，是黑暗將我們連結在一起，當我還沒有名字，他喊我，過來，從來就不需要名字。那之前，我和別人沒有甚麼不同。直到他給了我名字，卻是他說，我們不能再這樣了。他說話的樣子，像是讓我找回了自己的名字，代價是失去他。

我們在陸上行舟，在地底相愛。除此之外，還能去哪裡。我們哪裡也沒有到達。

醒過來，就甚麼都沒有了。

有時我會想起他，他的嗓音，聲息，從甚麼地方再度滲透過來。像是個做得太長太久的夢，凌志的助手座上飛馳海藍地綠交界，他轉過頭來說了一句甚麼話，我記不起。可又召喚出悲傷的感覺，月相盈虧替之以潮汐，岩岸邊緣的石滬呈擺雙心，款步進去，卻走不出來。

我寧可我們不曾有過那麼多的黑暗。如此我就不會在多年之後，必須在記憶當中，再次失去他。他像是那年隆冬到仲夏，一個意外且唯一的，命運所能夠給我的小小禮物。是黑暗將我們連結在一起，前提是，他一開始就必須存在。

而今，我已經不能肯定了。

撤離你完整的湮滅

占領很容易，撤離卻何其困難。愛是一場最盛大的戰火，離開的時候，會有人必須彎下腰來，靜靜收拾滿屋滿室的遺骸，後送往已不確知是否安全的大後方。輝煌的空襲之後，同樣的歌到一半已不再哼，牙刷從兩支恢復成一支，櫥櫃裡僅存的尺寸只讓一個人為之合身，兩隻枕頭依舊，在彼處安睡的，不是記憶，是你我完整的湮滅。

所有的愛都與時間有關，時間讓人毀滅，愛也是。

那是一個降生黑暗的夏日夜晚，有風撩亂，蟲聲輕盈。我站在他客廳的玄關說，我要走了。

拎著一隻旅行袋，裡頭疊疊層層，我有些秩序也或許有些胡亂，塞滿了時間以來在他住處留下的衣物。每每我穿他的衣服，就把自己的留下，也把自己留下，讓我穿衣的細節密織在他今日的居所，彷彿那會是我們明日的居所，一個人，到兩個人，洗脫烘之後密密摺疊，放進衣櫃的某處。有次我說，這衣櫃有大半都是我的了，他安靜，且篤定地抱著，說，留下來吧，也不急著帶走。他說。

都留下來吧，他說。

然後他眉頭有些陰影，定定看我，說，真的要走了？

我們互相明白，我不能再看他的眼睛。最重要的已經帶不走了，我壓根就不在乎一隻旅行袋能帶走多少東西。他是我唯一無法閃避的空襲，剩下來我自己要盤整的斷垣殘壁，散落在半山腰的樓廈曾是堡壘此刻卻成墓碑，不可能去想，以前兩個人是怎樣，以後一個人，這個世界又會怎麼樣。

卻還是想整理想要釐清，在交疊揪扯的時間裡邊我究竟能遺落多少物件，需要多少力氣戒除有他的慣習。

我收妥了牙刷，刮鬍刀，書櫃，CD架。直到拉開衣櫃，轟然而來的氣味滿滿的都是，都是他。是第一次遇見時瀰散的酒香，親吻時的胸懷，像做愛的時候他堅定地索求，每件衣服都是他，像他的呼吸，眼睛，眉毛，他的體液。氣味全是記憶，我曾想像自己在一個透明的玻璃瓶裡，但不可能，衣服是一個個故事我無法洗淨，他衣櫃裡有不散的馨香，即使褪去了衣裳也還是淡淡飄散，穿上了就提醒，他還在。彷彿，他永遠不會離開。

當我套上他內褲，也像他的器官貼著我的。

衣櫃卻還是同一座衣櫃，繁華而多彩，當關係消逝，卻再化為清冷的荒原。充斥聲光燈色，一個怎樣的時代怎樣的關係讓我們愛了而又分開，沒有答案。還是問，越繁華就越是寂寞。

是時間讓愛繁華了，也是這繁華，讓愛充滿毀滅。

他站在那裡魁偉得像座山，衣角灌滿風。他問，要不要送你回去？

我說，不。不了。

我把能收拾的都收起了，帶不走的，是愛的完整。完整的愛能讓每一個決定做起來都格外困難。占領很容易，養成在生命中的種種也很容易，困難的是在那之後，旅行袋漸漸滿了，是該離開的時刻了他問，你真的要走，是嗎。

把衣櫃門給關上，留下裡頭巨大的空洞與黑暗，我咬了咬下唇說，是。

撤離也好，後送也好，很多東西我拿走了，還有些看不見的留了下來。回到家，打開自己的衣櫃，要讓遠走的衣物依照不知該算新的還是舊的秩序分門別類，卻在某個角落，看見一件淡藍直紋的襯衫。我都記得的，那是某日，我騎車穿越暮春滂沱的大雨，他伸出一雙大手撫慰我，給我毛巾，和那件好看的襯衫。

無意間我把他的襯衫穿回來了，可是我們已經，我們已經……

又過了幾個季節，幾次我把這襯衫攤開在燙衣板上，反覆熨了又熨，熨了，又熨。是我靜靜收拾滿屋滿室的遺骸，熨平他的皺紋他的臉，我的手從那裡觸撫過去，有時複習他的溫柔，他的氣息，再沿摺線好好地將它疊起。想起當時，我跪坐在自己衣櫃前不可遏抑地哭泣，卻怎麼突然感受到傾斜，而又同時被療癒了。

最一開始當我選擇離開，我不會知道復原。當我發現他是一個人背著兩個人的愛情，我對他說，謝謝你這些日子以來的照顧，現在我自由了，你也是。以為只有愛的占領能讓彼此完整，也是愛的撤離讓我們相互湮滅。我穿上那襯衫略寬的肩線，靜躺在自己床上，想起了所有的愛都與時間有關，是時間讓愛毀滅。

時間推移，時間過去。那場浩劫已遠遠地過去。過去很久，很久了。

於是我自由了。我應忘卻每一次的碰觸，放任床頭燈忽滅忽明，只因在彼處安睡的，不是記憶，是你我完整的湮滅。

當我年老我會想起

當我年老我會想起你。想起你當時看我的眼睛，該怎麼確定，時間如何對每一個人都公平，卻對我施以嚴酷的懲罰。是你還是時間，將我迎風推升，命我一天天成長，老去，讓我張開雙臂，擁抱當時的你像擁抱一陣風，於是我才稍微懂得了當時你為何有雙深邃的眼睛，才稍微懂得而已，當我再伸出手去想抓住甚麼，你卻已經不在了。

常常我自然而然想起我年長的情人們。

不知道他們去了哪裡。卻其實並不需要甚麼事情發生。

事情發生，都是在分開之前。分開之後就不再有甚麼事情了，像時間停留在分開那年，他們的年紀也是。我們只是不再見面。

彼時他們認識的男孩可能被留在原處，也沒別的地方可去，那已經不再是我。月相幾度盈虧，身邊的人事不止地更迭，盈滿的望月也不能止住大潮隨它消落，是時間讓我們不停老去，是時間讓我不停想起。我年長的情人他眼裡有一股文火，慢燒的溫度將我安慰，寒流之中我們緊緊抱擁，他率先抽身，遞給我件外套說，放進被窩裡吧，等暖了再穿起。

別著涼了，他說。

說話的聲音很溫很靜。是那樣一句話便要我為他棄守，往他走去，哪怕他是花田，是荒原，都好。

都很好。我和我的情人們總是相差十數歲。曾經我以為，語言可以支撐起兩人之間的空白，時間的差異歲月的谷地，我能跟他們談各種事情，那些超乎於我的人生的，人事起落，病愛救贖，又好比他們不肯正視的命題如死亡，如生命。但不可能。當我年老的時候我會想起，那時他在我上面他深深看進我的眼睛，彷彿床頭燈的電壓突然失衡他問我，你有一雙不像你的眼睛。

為甚麼你看起來如此愁苦？

那時我不知該如何答他但現在我知道了。快樂的表情摻雜渣滓，只是因為我太想成為他，太想我能多靠近他們一點。

即使只是想像也好。

比如說，二十一歲的我時常笑得沉穩，笑得肅穆。以為我有合宜的禮數，被傷害也傷害過別人我曾那麼想，是時間讓我懂得反省與內斂了，但也必須是時間，讓我知道我根本不曾懂過任何事情。比如說笑。他側臉看著我，用左臉的鬍髭輕輕磨我的頸脖他問我，為甚麼你笑的樣子，看起來不真的在笑。於是他離開我，他說，他並不真的覺得被我所愛。

又比如說，那年初夏，一陣風刮開了他居所客廳的紗簾，他說，我經常覺得自己真的老了。是立夏才過，白晝早長得像是永遠也不會暗下，可當他說話，那撇濃黑的小鬍子抽動，天色竟已黑闃，從初識到承諾，到相愛的當下，年華像不可觸的禁句都是我們閃躲從不提起。把自己的年紀加上十八就指到他的位置，高，而且遠，仰望時的暮色靄靄，我還不能想像，他冷冷的語言與深邃的眼睛直視過來，我才想起，眼前這個看似一無所懼的男人，原來也會害怕。

他握著我的手他說，我願意用一切交換，想看看你會成長為怎樣的男人。

我並不真的在乎只是當我年老我會想起他，當時他吸引我的，淺淺笑起的皺紋裡，所有智慧都給摺疊起了。我知道他們不太哭泣，也早已收攏青春暴烈的風雨，極少說出細瑣的憂愁與哀傷，他們在駕駛座上常沉默不語不願洩漏了多餘的情緒，他的車，他的屋瓦，他的收藏。還有他以歲月流轉，人世迴旋，積累起的自己的城。

他說，快要忘記了青春期的震顫。日子這樣在過，身體在老去，記憶在老去，直到年華遠得連字跡都淡漠了他才想起已錯過多少時間，所以他珍惜，要我把握一切。

可我畢竟不在那裡住下了。

他的心太擁擠。眉角的皺紋卻又太寬闊，我一下子失了平衡，我墜我落，還沒在他懷裡長大我便跟他說，我們分開吧。我這麼愛你，可是我又決定要離開你。

他說那是我說過最殘忍的一句話。說話的時候，他表情彷彿有些明白。也是在分開之後，一切的記憶都趨近於暗，趨近於滅。我繼續老去，而他們就留在那些年的季節裡，卻總有一天也會在人間界凋零。只是記憶不死，記憶是黑色的，即使不在我身邊，他們的影子也會時刻逼迫，在鄰近癲狂的邊緣相信，情人們離開，不過為了再次縝密地靠近，只因時間對每一個人都公平。

分開之後就再沒有事情發生。那時我說，反正再怎麼樣，到最後還不是一樣會分開。可是不是的，是我還沒成熟到能夠把握那關於他的一切。

是時間讓我了解，終有一天，我會抵達當時他們的年紀。我們只是不再見面，以為他就停在那裡不再變老，會等我追上來，等我成為跟他一樣的，勇敢的男人。當我自己成長，成長而後受傷，傷害而後復原的後來，我才懂得了，我的情人不斷變老，我又何嘗不是。時光過去，我已不再是那時他認識的男孩。

我釋懷，時間溫柔而且完整，理所當然，我懂。

可是我真的真的不知道，最後，竟然這麼快就來了。當我年老我會想起他。想起他當時看我的那雙眼睛，時間是最嚴酷的懲罰，我終究不能知道自己是否已成為他想像的男人。或許他從不曾想像，他只是想要看著一切的發生，歲月作用於我的所有痕跡，比如說，白髮。白髮何時從耳鬢顱項間開始蔓生，讓我暗自慶幸，自己終於變得有點像他。

那是時間給我的，唯一的寶藏。

只不過當我再伸出手去，他們都已經不在了。

可是我沒有

人老起來，並不是從外表開始的。而是從氣味開始。年老的味道，從他身上滲出來，飄散在每一個黝暗的房間，在肌膚之親的瞬間，提醒我們，將我們占領。他的毛孔，髮絲，呼息著，介於乾燥與潮溼之間，像深秋一場雨悠悠飄落在滿地楓香的枯葉堆裡，從每一個蒙昧的皮膚的皺褶間滲出來。那氣味無關乎死亡，甚至無關乎腐敗，而只是，老的氣味。當然我知道沒有誰是不會老的，也沒有甚麼事情，是不會變的。

是他教了我這些。

那晚，他捏了捏我的腰，說，你為我跳一支舞吧。

那是我的後青春期，把青春過完，跳盡，飲盡，就沒有了。來不及的部分，當然也不可能再過一次。是他教了我這些道理，卻也是他，在酒醉時變回一個天真的小孩，蠻橫地問我，他是不是第一名。他的話語充滿縫隙，他的才能不被看見。是他意圖違逆時間，是他擁有了桂冠，卻又因業界的攻訐讓他在迷茫的片刻要一個男孩給他肯定，他走過的路也不知能否有甚麼痕跡。

那不是我青春的森林，兩個人共抽一根菸，任風吹散了我們，想要回頭的時候，卻聽見他說，不，別往後看。

我還是回頭了，眼見世界空無，一座荒城。我們的魂魄化成片片紙花灰燼，後悔沒聽他的囑咐，放眼盡是野火燒盡了春草，生活本來無歌又無詩，我僅有的小聰明，並不能領誰通過那些段落，看似平淡，卻其實困頓的段落。

如果可以我應當讚美他。應當安慰他。可是我沒有。

青春期時候的我，曾天真地以為只要持續地寫，總有人會聽聞我的吶喊，會有人擁抱會有人愛我。卻其實不。並沒有一種書寫，能讓自己以外的人幸福。可當時我太年輕，無法明白，生命的弔詭則在於認識他又是因為我的一本書，我的第一本詩集在咖啡館的書架上等著被翻閱被拾揀，等待愛的可能，像一個鍵盤上的詩人，不斷搏鬥、質疑、咒罵、辯證各種形式的存在，而他突然將我帶回去，他說，你寫得挺好，可是，你可不可以不要這麼愁苦。

那些年，我懵懂地寫，懵懂地衝刺，懵懂地愛，懵懂地索求。懵懂地愁苦著，假裝我真有那麼深厚。直到我撞見他，他年老得安靜，年老得平穩，年老得像一堵牆，也是他，安靜得趨近終點，安靜得，讓我難以抒情。

接起電話，共鳴低沉的「喂」屬於他。他說，我是……

我說，我知道。他便不用再說下去。

電話那頭他說他正在飲酒。他說，生活就是讓酒精把自己敲昏，隔天再用菸把自己打醒。我說，是嗎。

他便笑了。

他說，你還不明白。你這孩子。

然後我們見面。那是深冬的夜晚，在他城北的別墅，他趨近，我遂不可自抑，彷彿，再更早的冷靜自持都是謊言。槭樹紅得漫山好像我的心臟已被穿刺，幾條溪澗在匯流之前，滿滿的都是脈膊，都是溫度。斟兩杯套了可樂的Johnnie Walker黑標在夜晚沉溺，擁抱如此熱烈，語言卻如此冷靜。

他問，為何你總是眉心深鎖。那年冬天溫度格外寒涼，他拉橫了嘴角，笑開的臉，注意到他膝蓋一則烏青，問，怎麼回事？他也不回話，伸手在我膝蓋上游移，講，噯，年輕果然不一樣，不一樣，到這年紀手肘膝蓋隨便一碰就瘀青久久不癒。他說話，鼻息裡有舊棉被的味道，話頭又回到我膝蓋大腿，他濃厚的眉毛，輕輕跳著。

他有一種年老的味道。從他的肚臍眼，腋下，乳頭，嘴唇，灰撲撲的氣味飄散出來，混濁而滿盈渣滓。像他的白髮，像他的頂上漸涼。

我們相互陌生而僵硬地碰觸，頂撞以至於疼痛，我在他面前就著Keith Jarrett的音樂，不問節律，不問風色，跳起來。他便稱讚我。冬夜山上，酒醉的迷茫與清澈之間，風吹著他院裡雜草荒蕪皆顯得冰冷。動作突然停止的時候，我很想問，不敢的是我，還是你，他卻反過來問我他瞇起眼說，你為何看起來如此悲傷……

彷彿那是我們之間唯一可確定的事情。

回程，計程車駛過半座城市，我關上車門，他在車裡比出電話的手勢隱隱然彷彿在說，「打給我。」是嗎。早先，查檢許久房屋各處門戶有否緊閉時，他問起的話。他說，近日的案子，和一部講述少年的長篇小說有關。他說，你的年紀是接近青春期的，要不要來幫我？然後壓低了嗓子，又說，我在想，你是不是願意當這房子的主人……

他還期待甚麼呢，他那時期待甚麼。

是嗎。我猛然想起，他是問了一個問題，還是兩個？

我無法記得了。更無法確定，我何以如此害怕他的問題。我還不明白，把青春過完就沒有了。不知該不該回頭。他沒有再打電話給我。久遠以來，和他之間甚麼連結也不剩也就能夠，安靜下來，在冬天前夕溫暖地珍藏，該早結束了，那時短暫熾熱的靠近都已消退，和他之間的巧合絕非易與，已用罄所有運氣，誰先放棄也就不再重要。

我應該打電話給他可是我沒有。我應該讚美他，可是我沒有，我們應該相愛，可是我們沒有。多希望是我做了錯的決定，但不願真的承認。但隱隱然我知道的，再如何躲閃也還是會想起，像許久以後的那日，台北早晨的天氣如何陰霾，接近中午卻突然晴朗，在電影院裡，我就坐在他後頭。

許多故事在銀幕上行進著，我卻為他的後腦杓，感覺顛沛，感覺浩歎，像他是我終究尚未修竟的業。

我記得的那些話語，已經陷在青春期末端的泥淖再拔不出了，戲院外是夏雷震震，午後的雷霆，這幾年來他所剩無多的髮亦都白了。我想我是處於不願過完的後青春期，第一本題為《青春期》的詩集，對他來說可能只是源於好奇，那些詩，像是喉嚨的一根刺，等待一支箝子。無論青春或後青春，大概都是離他很遠、很遠的事情了吧。

出得街頭，看見他沒撐傘在路上走，箭步幾個走到他旁邊，沒帶傘？

啊，是你。

是我。近來好嗎？

算不上好，也不算不好。他說，不過我這些日子都有看你寫的文章，真的好厲害，有內容，又有文字煉金術，比之前進步好多。而且，你又更有自信，又更會撒野，有男初長成得好漂亮。

然後，他瞇起眼睛，像要確定甚麼似的問，那時候，你為甚麼沒有打給我？

我便笑了。笑得讓自己想哭。

我們的聰明，從來也沒有讓我過得比較快樂，那也是他教我的。我仍是那個眉心愁苦的男孩總是睡不著覺，卻已把我的青春都給用罄——告訴我，事情以後會變成甚麼樣子，在那條用鉛筆畫的直線上頭，我是不是變得越來越像你了？

我一直記得他。我一直送他到了捷運站，卻不能在他到達反方向的月台時，給他一個有禮的擁抱。他笑著，在我側腰輕輕拍了拍，於是這件事情很清楚，明白了，就這樣吧。他沒再要我跳舞。他把我的靈魂取走，卻把我的身體留下來，讓我無魂無魄，游移人世。而後，事情又會變成甚麼樣子，變成雨天炎天的遇合，周遭的眼神如何看我們並肩一把傘，寬闊地離去。是他的問話，讓我覺得罪孽深重。如果有一件事是重要的，我應該試著挽回，可是我沒有。

於是我身成塵埃，無始無終。無生無死，無憂無樂。無無明，亦無無明盡。無老死，亦無老死盡。

而我終於在捷運到來前的兩分鐘，環抱自己，痛哭出聲。

他就是我的業，我勢必投落全部生命來換取的，他的氣味，聲音，臉孔，他的老與我的不再年輕，薄弱的記憶裡邊，必然會有一些事情忘記了，好比，他也沒有再打給我。後來我又再為他寫了幾首詩，一些散文，甚至是小說。我寧可它們足以籠罩我的過去、現在，以及未來。

我知道的。當年的錯過，是已一路到底了，穿越時間的迷陣，我寫過的詩變成了對自己的嘲弄。是他，安靜得要我難以抒情，又傾斜得難以療癒。

別往後看，他說。

我應該聽他的話，可是我沒有。而當我真真切切想起這些，卻已經是很久，很久以後了。

直到六月黑色的陽光

近午的天色鬱鬱蔥蔥，蟬鳴突然停止，約定的時間到了，可他來得有些遲。

我已等他等了太久，一杯冰水喝乾了又斟滿了，坐定在信義區正午鼎沸的人聲裡，窗外似有雷雲正在降落。想給他撥通電話，問他到哪了，又偏有些踟躕，怕洩漏了甚麼，拿起手機又再放下，我並不喜歡輕舉妄動。是他來不及信守了時辰，來不及行經荒漠與錯覺。我們曾交臂而過，都是我，心甘情願為他張揚我們大幅的旗幟，甘願為他花開，為他遲晚。

十多年了。等一餐飯像等了半輩子，直到他寬闊的步伐望我走來，坐下了，我才意會過來，沒有一次，我距離自己的過去這麼近。

口唇微張他彷彿說了聲嗨，又彷彿沒有，我們之間安靜下來，再沒有其他的話了。他沒有為遲到抱歉，像對不起和來不及之間總有的時間差。這場飯局是個意外，相約得倉促，又實現得讓我毫無準備。沒有人告訴我愛可以如此沉默，他走向我他坐下，走向我的步伐令我憂懼，讓我們彼此遠離，彼此閃躲，他沒有告訴我愛能讓我疼痛。我假意翻看菜單，又是他的嗓音如水銀落地般摔碎了，他說，你該已經把菜單都看過三次了吧。

瞇起眼睛我說，是因為你遲了。

玻璃杯外緣水珠滴落，像流星劃過天空，沒燒出任何聲響。

他說，你吃甚麼？

他那麼啞。但他說他戒了菸。我隨意指了菜單的某處，莽亂而無主見。我曾以為他是我的歷史而歷史造就了命運。他放棄我令我追趕。他之於我是他讓我書寫，而書寫造就了沉默。寫完了，便再沒有甚麼話好說。

可我們以前不是這樣。那時我十七歲，他二十七。我們穿行晃亮亮的台北東區，曾經在不辨方向的巷弄，彼時的健身房還是加州，說到有趣時，突然笑起來，也親吻也擁抱，我以為自己內心無怨無恨，無傷無痛，愛與物質同命相生。我們吃食，胸膛對著胸膛，愛是無火的燃燒。燈亮，燈暗，師大夜市還是喧囂的樣子。一場雨，兩個人，我們道別，我們相聚。

找每一個藉口，快樂也寂寞。

然後他說，你有時也要有些表示才行啊，愛情是兩個人必須一起努力的東西嘛。他這樣教我而我習練，習練我的書寫，瘋狂，撥打每一通無人接聽的電話，練習在雨裡收傘，冬季寬衣，練習我們中間一襲沉默的牢籠。

習練不問不談，各自抱懷各自憂慮。

習練愛。然後他離開我，不困難，不簡單，我們只是不再見面。我啞啞地問，為甚麼，他說他從未承諾。我便哭泣。哭泣像海將我自己毀滅。

他在一個雨夜離開。那時他拎著皮箱便這麼走了，彷彿他的去處並不很遠，卻遠得我不及設想，是枝枒垂落，抑或是世界讓誰給撕碎了，留我獨坐，自己給酒瓶綁上蝴蝶或死結，要它們飛出一條醚醉的航線。他把整座秋天都傾倒，把我的花粉與光蕊傾倒。我前路傾軋，遠方不斷傳來他的消息我不願聽。卻又張開雙耳，側耳他的語意輾轉，他的謊言，他的藉口像明滅的聲光，都關於季節，發現我不在他深冬的星圖上。

於是我練習，揹著冰冷的牆揮汗奔跑，練習聽他在牆那頭發著愣然的笑。

十幾年了。以為他是陽光，卻其實他是馬頭星雲遮下了光線，我再看不見了。冰箱門上的紙條貼上又撕去如晚近的提醒，是誰在秋日前播下了限制，可又是誰，要我在冬季寬衣復寬衣。他說，放下，哪這麼難。說得事不關己。十多年的時間沉如暗礁，厚如密雲，令我擱淺了像十七年蟬的破土，我為他妖冶是真的妖冶嗎，老去，又何能是真正的老去。

愛哪有那麼困難。我只是不聽，不說，不過問。無有恐懼，無有憂傷。卻還有甚麼，比寫不出來說不出的不能問候更讓人痛苦？

對談中滿溢著沉默令人恐怖，像信義區一場雨。車聲，人聲，他負著時間，專心切開三分熟牛。兩個人對坐一張桌子，像兩個房間，隔著門，搬過去又搬回來，搬過來，搬回去，靜聽徒勞的雨聲。話語在盤中半乾半滲，切開了甚麼又彷彿我們共有的傷口，蘸不全的肉的橫剖面，既輕，且重——他叮囑我，辣根醬別蘸太多，少用海鹽，高鈉的飲食，一座城市兩個人，是時間，讓甚麼也熟成了。

我並不曉得自己為甚麼要找他。

是如何我遇見他，撞見他有滿懷滿城的憂慮。我說，最近好嗎？

他說一切平安。答得很短，很深，很靜，很簡單。簡單像時間是一堵灰牆。

是他遲了，卻並非我不為他等待。冷不防他問我，我沒變吧？其實已經度過太多季節，可他怎麼會變，是他要我學會久候，久候他遠遠走來蠻橫的身段讓我愛他，要我為九月的細雨擁抱自己，冷澈的十月裡總有群眾虛擲，我們爭執，不再和好，他放棄我，讓我自己在花圃邊上枯坐。台北在改變，唯一不改的是他可能不曾愛過，地景昨是今非，我不置可否，不忍指出他已年近四十，有鬍髭斑白，還堅持著自己三十好幾，時間令我褪去了顏色，想起那年如何甘心熨平了自己，他離開，卻不穿走我滿屋滿室的皺褶與騷亂。

他改變我。枯枝，霜葉，車馬，飛砂，我多麼明白是他用繁華幫襯了我的蕭涼，他端坐在我對面，表情嶙峋得就像此前的磚瓦，舊了，鏽了，蓋起新的又風化了，我看不清晰並不因為我站得太遠，而是我總把他放得太近。

多想對他說，親愛的，當你仰首張探，且真實地行走，我不會替你留下任何一盞燈火，為了你的掌心攤開，裡頭沒有我的蓮花。

這餐飯吃得我如鯁在喉。我們陌生地談論市況，曾是他指派我的沸點不斷提升，少量的確定，與不確定，當嗓聲靜止，他切分開一切的相關不相關，切分一塊牛肉放進我的盤子，那是我不肯定的情節想要很快地念完，我不再認識他。愛是沒有煞車的，我可以放任一如我也能禁止，他的溫柔總是很短，很急，很快用完，我們不再爭吵我們只是沉默，只是坐在這裡沉默，碰觸灰塵碰觸不被允許碰觸的事物，比如說愛，我們只是坐著我們坐在這裡，轉開甚麼，又鎖緊了甚麼。我們甚麼都說了也甚麼都沒說。成天墜落變成了自己以外的人。

我不再是我他也不再是他。現在再說那些，都已不中用了。

我們只是不再說話。

後來那些寒冷橫亙在我們面前，他是我黑色的陽光出現在每一個六月。七月，八月。十多年了，我點亮每一盞幽冥的燈火，走進兩個人各自的暗暝，我記得愛的日子都是如此，但不記得愛如何讓氣溫下降。是明天提前路過了我們失敗的愛情，他還在讀報，議論，他總來得有些遲，是我給過他太多冗贅的問候，愛是太過銳利了，像把刀剖開了水果，擺盤時卻錯放了別的果核。又像把有鋸齒的湯匙，在胃裡頭細細地刮著，讓我把愛修成了每天的洪荒向晚，修成了魍魎，與來生。

等一餐飯像等了半輩子，吃起來卻很急促很匆忙。我把甜點盤底的冰淇淋都搜刮乾淨，他要了簽單說，我要走了。

雨要來了。轟然的蟬聲甚麼時候靜止。

年復一年，蟬有不同的時序，破土，攀樹，嘰嘰嗚嗚，生的交響接踵而來，繁殖的嘈鬧，死的靜默，供養了花，供養了樹，塵歸塵，土歸土，彼時我尚對愛與死亡一無所知。我記得答應自己要多留一會兒，不記得甚麼時候下定決心離開。

他的背影走得漸遠，漸遠卻漸亮，冷冷的眼睛看著，煢螢之光，像尋找著基地台微薄的電波，都是我，都是他。都是海洋。後來他去了哪裡，而我無懼於驟雨和無常的青春，又躲去了哪裡。時間都是距離。許多年前，他說，等我。時間在交錯著。那天我們有禮地道別，然後我回頭，看著他消失在街角，明知道他沒有回頭他不會回頭的，才意會到，我已被愛深切地鎮壓。

十多年了。他一直是我的暗影。而我不知道，當風來的時候雲就散了，我一直以為影子也會褪去的可是我太天真了。

他一直都在，一直突襲著我用各種方式提醒了，不管我再怎麼努力甩脫他造成的影響都不可能真的忘卻。他會這麼想嗎——無論過了多久，只要還能對我造成漣漪那就是他的勝利。但是，他所算不到的是，我從未在意過兩人間棋局的輸贏，贏了我就能忘記了嗎輸了我就墮落了嗎不是這樣的。

我有一半的人格是他給的。他是我六月黑色的陽光，是我甘願為他花開，為他遲晚。

我的卑微我的驕傲我的微笑與自信我都可以從靈魂的背面看出他伸出了手在我背脊上捏塑的痕跡。有時我不免想，讓我們一起活下去一起背負著這些一起活著。下一次見面的時候，我肯定能認出他來而他也能馬上叫出我的名字，當我化為灰燼，我亦力圖確定，他會在難以辨數的碎片中逐一指認他所留下的東西。

那時，他就會是我的了。他就會是我的了。

My dear desperado。

兩人一犬人間氣息

午餐時間從大樓裡出來，抬頭看氣候有些陰鬱，正想著要吃些甚麼呢，低下臉來，人行道上，前頭兩個男的走著。右邊的穿著全套的鐵灰色西裝，左邊的，倒是休閒的打扮，半短的七分格子褲，螢綠色的Polo衫，還戴著頂棒球帽。雖說是並肩，但其實靠得也沒特別近。

這場景不怎麼起眼的。倒是，穿西裝那個，噯，怎麼在這上班族群聚的騎樓屋簷底下，就牽著條柯基，慢走的樣子。

人啊，人是徐行的步伐而柯基本來活潑，那氣壓偏低的早午時刻，就顯得更加不安分了。跑跑跳跳，這兒聞，那兒嗅，往前跑幾步，又循著繩子繞回兩人的腳邊，蹭幾下，又伸著舌頭作勢要撲，穿西裝那男的呵呵一聲笑罵，好了好了，你！

還走在後頭的時候，只感覺人在交談，但聽不真切。

前頭是大路口車流的吞吐，這頭還十五秒的綠燈，卻無論如何過不去的，這麼把兩人一犬的行伍給攔下了。

穿西裝的順手把狗繩右手交左手，再交給休閒褲那個。說，沒想到你會帶寶寶出來，今天不是有案子要趕？穿休閒褲的聳聳肩，回說，剪到一個段落，原本想去游泳，但又有點發懶，就帶寶寶來找你囉。像對狗說話，寶寶，有沒有想把拔？

穿西裝的又呵呵笑起來，抬起腿蹭蹭狗肚子，說對呀，寶寶有沒有想把拔？

狗兒當然是不回話的，卻一個打滾似的要往地上躺。

穿休閒褲那男的一揪繩子，說欸別躺下！這裡髒！鐵灰色西裝說，這小子就愛撒嬌，跟你一樣。休閒褲哈哈一笑，說我哪有？穿西裝的已把話頭轉了開去，問，中午吃甚麼？

休閒褲還沒回話，紅燈已經轉綠，路這頭的人往對面過去，那時雲層分裂，突然打開整片的陽光曬了下來。穿休閒褲的邊走，邊拽著狗繩子，問說，熱嗎？穿西裝的口頭上說不會，卻已動作起來，脫了外套，穿休閒褲的伸手去把外套接了下來。

西裝那人說，帶著寶寶，餐廳不好去，就到前頭市場裡吃個乾麵吧？也切幾個嘴邊肉之類，給寶寶加菜。休閒褲這會兒倒抗議起來，甜膩膩地說，把拔就知道寵牠！越來越胖了。穿西裝的又笑，說，你啊你，爭甚麼爭。休閒褲回說，好啦，我順便到市場看看，還剩甚麼晚上可以做幾個菜，幾點回來吃飯？

還沒聽清楚那兩人後來的話語，這穿西裝的和休閒褲的，便牽著條狗，轉彎往巷子裡頭去了。那時午後乍現又遁隱陽光，才初初把市場口的水氣蒸了起，混著肉氣，菜梗味兒，雞鴨魚鮮，撐得十分飽足的一股味道交纏在一起。想再探探頭看他們望哪攤子去，卻只是市場口曖昧的光線，非常肉感的一陣人間氣息湧將起來，把視線都遮蔽了。

密密語

班機爬升到雲層以上，正午的陽光直直烈烈鋪張在雲層上頭，試圖分辨方位，但不可能，將視線轉回機艙內部，瞠眼不能見。堆垛的白雲層層疊疊，反射回來的陽光熾熱，通透，而又冷澈，截斷了全部的目光。

這原來就是雪盲。

直至班機接近了目的地，拉開些來看是港島，九龍，青衣，大嶼山。以為自己開始認識這座城市，雪盲的萬呎高空，其實未曾看清自己立足，滑行，出發的地方。

只是，我在這港這島，也並不需要認得路甚至不需要眼睛。

那年遇見那人，兩個人兩座城，信總是從天氣開始。

早晨香港一場大雨，乘地鐵變得不可能。邊搭計程車邊寫信，想雨停了又要轉熱，夏天嘛。真是夏天。躁動之夏。

台北也熱得，每日午後雷陣雨滂滂沱沱下，拉下了耳機有個雷正好在研究室窗外爆炸。敲著鍵盤，嘩啦啦，那頭說，禮拜三，最忙一日，上頭交付了工作開幾次會，和法務對談便整個人綳緊。又問，論文寫得如何了？每天問，爬到最後一章最後一節，寫完了需要個假期，到哪兒去都好。想反正離開這地方。但最後一哩，可能最難熬的，開心點。讀你文章都令我有些擔心掛念。想是老人病發作罷。

沒有說，我姊的女兒生了個女兒。我做了別人的舅公，感覺超老。

怎麼香港仍這麼熱，只想留在有空調的地方。

你在努力中？

得趕快將這段次寫完，晚上有個朋友生日，聚會。再是另一個九月要去美國，珍惜認識這許多年的朋友。看他們，便覺得我人生沒在前進，卡死了。怎麼會？你們都念了研究所，身邊都是些聰明人，也去過許多城市許多國家不是？十九歲前，連大陸都沒去過。後來也是自己掙了錢，才比較多旅遊。加拿大，歐洲，工作過的城市，東亞，當然還有台北。九九年後半去了埃及，也沒訂旅館，光一張機票，去了。令人屏息的十七天，自己一個人在令人屏息的國。

台北還好嗎？電視上頭，台灣挺慘的這次。

南台灣真慘。但台北還可以，雨水也沒特別多。父親節嘛，待在家裡陪老爸老媽，以後能陪他們的機會不太多了，以後，也不知道會在哪裡。美國、香港、上海、新加坡，或乾脆回台灣。看哪兒有展望罷。那頭說，你是還年輕，有甚麼機會便抓住它，應該的。

煮頓餐飯，上班、下班，時間很快過去了。人生有幾多個十年？

夏天過超過一半。想你了。

還沒去海邊，怎麼夏天快要結束。

又是乘計程車上班的日子。老媽來我這住上一段，打新界來——新界，你就想，像台南——但再不能同她長住了，老是念，為甚麼不結婚。幸好哥哥有了兒子，狀況好些。媽媽們總嫌念，別抽菸，別喝酒。早點睡。都一樣。也希望你戒菸的，上回我整日嘴裡唇間，聞起來像極了整口香菸。就寫論文，寫完了戒。今天進度不壞，早些出研究室。唉我們樓層有人患了新流感，七點就得淨空，但願人都沒事。這裡，那裡，島北島南，各個島上人都沒事。

其實管不得他人的苦難。問，九月中飛去找你行不？

我可以一直去的，只要你別說個，不。可又覺得怎能同你交往？我中文這麼差。噯傻瓜，我也想你了。急了，便改說八月底罷，那週末幾日。怎麼不好，領你去淡水，陽明山。去哪兒也行，只要你開心。只希望你在。炎天雨天，密密的話語卻蒸得人煩躁了，一晚要沖上兩次涼。

兩座城市兩個人，城市凝成了地圖上的亮點。窗外又是密密麻麻雨水落將下來，織成一整片的白噪音。論文整理完，也不問要看不看，寄出去了，附件裡邊還有詩。看到了，你不是還先寫好了謝誌？開心呢，在這都可以聽見你的笑聲。

發現不可能用粵語念詩，不同韻，不同聲。可我很快來找你的。

也不一定是台北，許是在別的城市吧。哪兒都好。

兩個人兩座城，那年的信老從天氣開始，這麼寫了幾年，也不知飛過多少次往返的班機。

都看過的，航線東方，雲海之上，幾座高山矗立。赤裸的岩層，在夕照中陳列得像海中之島的行伍了。像我們。夕陽在東側的地平線上，散射出紅黃綠藍的光譜，粉彩般，對照半空之上冰藍的月色，竟又已時近滿月了嗎？可這樣的情景只是天上有，很快聽見了機長廣播，目的地天候陰涼，班機沉落，降回島國多雲的天氣。

新宿二丁目夜雨

新宿突如其來一場大雨，下得半座城市都黑了。又或者黑的其實是三丁目和二丁目之間，過了個路口就卸下的那些板著緊張的面具，恢復成僅在夜晚出沒，平時隱身在東京燈色底下，那些半人半獸的臉。

黑色的雨很快停了。

卻還有些遺留在幾個人穿行街弄的腳步之間，從牌招屋簷上頭滴落。

酒吧與酒吧都是藏在公寓裡邊的窄小單位，日本朋友領著路，說是他常來的店，推開門，肩膀貼著肩膀站著，十幾個人逼在那裡頭，像一鍋濃厚的鬍髭男子熬成的湯，帶著點剛停那場雨的氣味。夠小了吧，不，其實還多的是比這店更小的店，八個人，客滿不收謝謝。

接續著來的幾個人，說的都是中文，卻倒是意外了。搭訕著閒談，那人說自己是前台灣人，怎麼說是前台灣人，年前歸化成日本籍了你知道嗎？來日本十一年了，剛到時在札幌，半句日文也不會說，講英文嗎，雞同鴨講的狀況挺多，總不能天天比手畫腳，牙一咬，震撼教育那樣地學。後來的事情卻又簡單了，工作，繳稅，幾年過去申請了個考試，過了，也就是日本人了。問說，那當時怎麼會來？

說是，交了個日本男友，能不來嗎？說完了，看著我同旁邊那熊笑了笑。

能不來嗎那四字，說得淺了，卻帶著很沉很沉一筆重量，直扎進我心裡去。像是他說，那十二年的時間，短短說完了，先是都在札幌，後來變成東京札幌兩地一月一度交會，聽起來很熟悉，又很陌生，或者我們都過的是這樣的生活。那熊喊說，欸，你別看我，你不是我男朋友。但掌心握得只是更加緊。兩個人看著同樣方向，從七樓的落地窗望出去，夜色很沉很黑，只是靠著想像星辰與航線，隱隱發出銀色的光輝，那裡會給我們指出甚麼路數呢。

時間過了凌晨十二時，酒吧走了一輪客人又來了一輪，朋友們陸續到齊，有人拎起酒杯敲敲杯緣，嘿，十月十日了，是前台灣人的生日。也是台灣的國慶日，舉杯吧，讓我們再喝多一杯。所以是國慶寶寶？笑說都已三十七啦，寶寶？老鴇吧。笑開滿室歡愉的空氣，讓我們碰杯，敬一個中文式的笑話，敬旁的那些不諳中文的日本鬍髭，敬，一雙不甚安分老是要吃人豆腐的視線。

敬這狹小的酒吧，敬偌大一個東京，好小一個新宿二丁目。

喝了又喝，再喝多些吧，紅酒瓶瓶開，啤酒斟了又斟。醚了的雙眼，看出去那黑夜，空空的，又好像很滿。

轉身又來了個台灣人，一問，竟還是台大的學長，來日本也是六年時間了，先是在電子業，轉去了地產業，做的都是業務，賣的都是東西物件，內容大不相同。說是能講中文真的挺好，平常工作雖也中日文並用，但談的畢竟是生意，畢竟是業務，人在日本能這麼天南地北胡聊瞎講的機會，真正不多。一個月休假四日，住在中野，辦公室在新宿，往常跑遍整個東京，回到中野，還是一個人，面對五坪大房間甚麼也不想講，也不知該講甚麼，對自己說話，是講中文好呢，還是日文好些。

這樣日日夜夜，日日夜夜地過。

可能，也都沒可能。

歡愉的時光過得特別短暫，還要再來一杯，再來很多杯嗎？

一看這夜過了快半，凌晨三時許的光景，揮揮手，大著舌頭說也不必了。回問著說，那你們怎麼回去？計程車吧，幾個人都住在中野，分著車錢可以了，那也是為甚麼這些人清一色往中野找屋找房子去的理由。一回過頭來，直起下巴說，或是，喝到天亮吧。一群人笑了，逼仄的酒吧裡漣漪也似地盪開了快樂的空氣。

東京的夜。初秋吹來是有些涼冷，但交握的掌心透著些溫熱。

那時還有半座城市醒著。二丁目街廓上，行走飄搖的則是人們不捨得睡的臉。

今天你開心嗎

親愛的。在你之前，我曾以為，台北的街道已黯然了，因為我把靈魂都賠給了他們，賠給了所有黃昏，像地平線吞沒了夕陽。像一把鹽灑進海洋，融化了，甚麼也不留下。然後你出現，從海的那一頭遠遠升起，像你只是多看了我一眼，我便把賸下的生命都押給了你，把城市押給你，把未來的航線都押給你。

也不為甚麼，為了你的眼睛，你的笑，眼尾的紋路與皺褶。

然後我有了第二個家，第二座城市，那港，那人，那島。我會迷途卻不需要認路甚至不需要眼睛。

可以不去想，那年的仲夏和今年有甚麼不同，不去想以前的事情以前的人生是怎麼樣，現在怎樣，接下來，我們又會怎麼樣。我想起那年，感覺一切開始得意外又突然，是你把愛的靈感帶來了，又是我們如何信守了彼此的時辰，這樣一路上，我們也不急著趕路，隨時想停，便停下了。親愛的。

又走。走到一半突然轉過頭來，不知誰先發問了，卻都是同樣的問題。

今天你開心嗎？

兩個人，兩座城。蜿蜒的航線青澀的口語，問著彼此，向著彼此，望著彼此。想要確認的無非就是這樣一句話而已。

便這麼幾年了。親愛的。

*

機場快線香港站，情人的週末是會結束的，港島的霾害依舊嚴重。即將回到台北的日常之前，我們都是航空路線上那微渺的光點。他說，生日快樂呢，你又在香港吃得很好，真的好幸福喎。而那是我與他共度的第四個生日了，再下個週末，又有人會準時地飛抵台北，他說，他媽的，怎麼常常見到你。

我說，你不開心嗎？

他便笑。

快線列車出發的倒數時間進入最後三分鐘，我入了閘門，臨到上車前，有股預感從心頭湧上來，像一場突來的大水能把半座月台覆滿了，我回頭。於是我回頭看見他還站在那裡，短的身影，卻長得像是幾年的時間，像是他一直痴望著我，看我甚麼時候要回頭。他站著，明亮的眼睛像重力中心讓我深深陷落。

我咬了咬下唇，小跑步回到閘門處，急急地要他過來，過來。他也懂的。他走過來，也不說話只是翻開了他的右臉頰，我在情人臉上飛快一啄，回家的旅程這才開始了。

直至列車駛出車站前，直至別人都已經離開了，我能看見他一直站在那裡。

他一直在。

世界上，會有那麼一個人，令你感覺過往發生的所有一切，都是為了等待他的到來。

曾有人這麼跟我說。可當時我壓根是不信的，怎會有人覺得這些值得，或者說，該怎麼確定他是正確的？該如何拋棄沉厚的過去，該如何熟習寬慰與約束，如何成為嬰兒，如何再次去愛，像不曾被傷害過那樣？我是不信的。我會搖搖頭，說，這太不可知了。青春的花蕊在我襯衫底下有些片刻與紋路，一度我也爆笑出巨大的喧聲，嘲弄這樣的宣言我會說，指著腳底我說，重要的事物只能在這裡，我們甜美的穹蒼，沒有甚麼未來是可以預知的。沒有甚麼未來。

只是後來，香港，一座唯物之城竟演變成我一半的靈魂。行過台北我城的街景，我內心默唸牌招用一種我並不熟悉的語言。

未來是不去想依舊一直來一直來的。

比之幾年以前，終歸是陌生語言的聲韻令我反覆習練，令我漸次熟悉。我閱讀他的名字我書寫，句法行文帶上了粵語的慣習，我們講話在計程車回返的路途，我們繼續講話我說，你開心嗎？我靠著他肩膀，我問他答，他問，我答，台北依然是台北香港也仍舊是香港，兩座城市兩個人。

我確定，兩個城市兩個人，相同時區做此時的戀人畢竟真有可能。

從來也不急著趕路，步伐想停，便停下了。然後時間過去。

*

親愛的。每個八月都讓我善感，讓我溫暖，是我繼續在這裡忍受著炎夏的泥濘，慶幸兩個人過同樣的時區，緯度，和地理。台北依舊是雨後的台北，而香港的八月也仍是香港的八月，時間過去，城市從不因戀人的晴雨而改變，只是四處的環節都成為你我的歷史了啊，戀人的節慶，究竟能否渡過暗湧和惡水，送達我殷殷的思念？

我想你了。在每一場雨裡，在所有的黑夜，我想你，陪你，念你，等黑雨稍歇，到東方的天開月明。等待事物往晴朗的方向演繹，幾個聖誕幾個新年過去，你淺淺地傳來訊息，說新年了。

沒有你香港好簡單。但世界一樣會轉。但好想你。

我說，我也是。你看到台北的煙花了嗎？

親愛的終歸是時間過去。我們在港邊抱怨無一刻消散的空氣污染，在峽谷裡並肩抬頭看自然的鬼斧神工，愛又是如此玲瓏的工藝，我還不能明確說出自己哪裡變得稍微不同了。只是你總日夜提醒，希望我不憂鬱，希望我作息正常更改我晝伏夜出的習性，是你的壞脾氣阻止我蕪生的埋怨與傲慢，撒嬌吻上鬢角時你說，欸。

我會說，不可以嗎？

你笑笑說，不可以。你不開心就把我甩掉。

總歸是你，笑起來的眼角又令我留戀。令我癡迷。你像是一整篇完整的業障讓我修行，即使你不直視也讓我感覺親暱。

親愛的我喜歡看著你。看你的兩個髮旋你的壞脾氣，我向來不喜歡直視別人的缺點，因為那些缺點往往也是我的。你說，你要賺多點錢欸，你要養我呢。接著又說，你一個字都是兩塊錢。我有些光火，接著又有點沉默，你看見我的盲點我的天真我的自以為聰明，你又摸過來，碰著我的臉你說，怎麼，你不開心嗎？都是你要我看清問題，每天要當一個更好的人。

我們都有許多偏執，卻是這些偏執，讓我學會了吞容。

時常想著，該怎麼形容你。比如你的兩個髮旋，方向不同卻都一樣拙於辭令且不善安撫。髮旋總是越旋越深，髮根初生的扎刺是你的脾性，偶爾氣起來總是很壞，很大，很快變長。總是這樣，你責備我分不清方向。但親愛的。是你有兩個髮旋讓我迷惑，左望或右望，都像旅人彼此尋找，又像鏡子的相互對照。

我想你了。想你的時候，我觸撫自己的後腦杓，想像我也有兩個髮旋同時看山，看海，往左往右，世界都一樣靜好不擔心無處可去。

*

快樂的時候我卻並不曾忘記，愛有一些事情會讓我悲傷。愛的狀態是，還愛著便憂慮失去，遇見他本來是個意外，生活像一襲荒土那時候，突然有一顆種子落進來，萌生出嫩綠的子葉讓我等著他將子葉舒展開了，等著他行光合作用也令我活轉了，生進光線照得到的地方。在沒有黑暗的地方，兩座城市兩個人，半是迷路，半是困惑。卻如此充滿勇氣，充滿好奇，我們遇見。

那年那週末，見了他，一個恍恍惚惚，飲酒走路流汗的週末。

電影院排隊購票的廊道上灑著水，我看著他額頭滲汗，掏出紙巾，在他前額按了一按。看了電影之後喝幾杯酒，他說一會兒要吃三井嗎，我說，頭次見面我不給人請這麼好的。他說，那下次吧，又像問自己，壓低了聲音說會有下次嗎，哈哈。說了再見，過幾個小時，他說在紅樓，問，來不來？又回到他身邊的週末，繼續飲酒，擁抱，到了新的舞廳，低低地吻。

我們誰也不在乎燠熱的溽暑還有多久。一個晚上，竟像是全世界了。

週末結束前，他傳來簡訊，「我回香港了，你要保重。有空我會再來台北看你。你好可愛。已經開始有點想你。」

有人問我怎會是他？我總記起這簡訊。已經有點想，那時就決定跟了他了。

那是我們在狂喜的心跳中，一直一直期望著的。也因為意外，我更害怕他會意外地離開了，於是我練習，演練那些即將到來的可能。

在愛的時候預習分離，和解時演練爭吵，開始了便預演著結束，讓我們快樂地碰觸吧，讓我再次習練黑暗。像活著的時候演練死。愛著憂慮著，擁有了失去著，像看盡了花開，練習踩過凋零的春泥。

彷彿在健康時演練疾病，相愛時練習毀滅。

一張床，兩個人，我練習側睡。練習枕著手腕，駕馭脈膊它暴虐的旋律。我醒過來，看著他僅有沉眠時尚稱溫馴的側臉，鬢角剃得非常俐落，他薄薄的唇在薄薄的夜光裡，半闔半張，半是明滅。令我有一種衝動，想要吻他。這一吻下去，誰也沒醒來。像是發著一個長得醒不過來的夢。

我想，這樣也好，世界都是給我自己的，同是祝福，同是咒詛。

時間是我們最甜美的占領。這麼幾年，是我甘願把賸下的生命都押給你，把港與盆地都押給你，把未來押給你。

我們便齊聲老了。

*

親愛的，已經養成了太鮮明的慣習。我們在白晝通信，在夜晚傳送簡訊。我仍不禁要比較此時此地兩城的差異，我們慌亂辯證的，好與壞的，體制與系統，建設與破壞，我說，我說那樣也不錯。終究是我憑藉著一切能見不能見的光影，我在巨碩的空中描出了你航班啟程與回歸的路線，我只是想同你說，我思念你。

曾經我為過往的他們所寫就，篇篇章章抒情的頌歌我只是就寫了我說，時間足令人自一切傷害復原療癒，從所有的傾斜當中找回生命的準衡。但可能不是的，我的療癒都是為了你。為了不後悔認識你，為了渴望更長遠的時間像條河把我們送走。

為了你，我是變得更成熟或者更脆弱了？

親愛的。當音樂開始時，你看著我。

當音樂繼續，我們跳著舞，架著手肘，排開了那些擋著我們去處的陌生人，像是絲毫不在意他們一般地吻。像每一對戀愛中的人而我像一部歌劇當中亦正亦邪的主角，我的成長是你帶領我認識人們賴以生存的現實，提點我注意的狡猾險惡，當音樂結束時，我仍因為你，而感覺安全。

同時，我的脆弱也源於你，我害怕想像自己未來如果失去，那麼，我是否又將成為一個人了……

此時此刻台北又是雨後初晴，一切緩慢美好。

於是確知了愛。愛是，當我談論你，是愛讓我變得溫柔，變得軟弱。

當我一再演習沒有你的場景，像你只是少看了我一眼也令我憂懼。親愛的。是透過那些一再失去的夢境，我才確知自己有多麼恐懼那即使只是一丁點的，「我們總有一天會分開」的可能性。因此，當我回到這個世界，在現實裡，我會握住你的手，我會緊緊抱住你，也請你不要輕易地離開我。

今天你開心嗎？

隔壁桌的男人

隔壁桌男人和他父母入座的時候，母親抬起臉來看了一眼，隨即若有所思低下頭去。儘管短暫，我仍注意到了母親的細小動作。隔壁桌的男人穿著七分工作褲，頭髮剃得忒短，蘋果綠的Polo衫，領子則肯定也是立著的，蓄著把鬍髭。倘若不是他鬢角帶著點星點灰白，也許就有人要以為他是個二十出頭的小伙子，那樣的打扮。

他們一桌子三個人，同我們這桌一樣，都是。

隔壁桌的男人目測起來大約是四十一、二的年紀，他父母已是老得透了，蒼蒼白髮操著外省口音，說點些甚麼菜？我的心神一下岔了開去，毋須太過仔細注意也知道和我們這桌同樣的組合，中秋節，和爹娘用晚餐的中年男子，穿成這模樣，還能有甚麼樣的變化？

隔壁桌男人說，爸想吃甚麼？老人回了說是，隨意點吧。

噯你怎麼老說隨意，隨意就是甚麼都不要的意思。口氣有些不耐。

怎麼跟你爸這樣講話？

沒怎麼講話！接過單來，隔壁桌男人振筆疾書，看來是就真的隨意了。

這桌我們單已填妥了遞出去，母親看得聽得周身很有些不自在的意味，我又想這時如果姊在就好了，姊會悄聲附過來說，欸隔壁桌那男的也是，而我會假意驚訝回嘴說妳怎麼知道？但其實姊弟倆會憋氣忍笑偷交換彼此已響得震天的雷達訊號，穿成這樣，怎能不是。對吧。對對對。只是這會兒姊是不在的，沒人當中折衝，我胡開了幾個話頭和爸媽聊著，有搭沒搭的，我一時想到甚麼便說下週那人要從香港來了，媽說，又要來？我說是，挺規律的啊。媽說，你們哪，真是。

真是怎麼了？

話語一下斷了，餐廳又陷入陌生人群的嘈雜和杯盤相碰的聲響。

卻又聽見隔壁桌的老人，像似在抱怨，又像是擔心的語氣，斷續說著些甚麼，中秋了。時間過得真快，你也老大不小了，怎麼還沒找個人……我想這肯定是隔壁桌男人不愛聽的話題，便就聽見他朗朗一笑，說沒怎麼，中秋還能陪你們吃飯豈不是挺好的？姊嫁了人，都是我陪陪你們，又甚麼不好？

老人說，話不是這樣說……

隔壁桌男人揮了揮手，沒甚麼好不是這樣說的。

這桌母親臉色也一沉，誰都注意到她側耳傾聽，我趕忙又起了話，姊和姊夫今天晚上打香港回來吧，週五吃飯姊夫應該也會來，你們也一陣子沒見到他們夫妻倆不是？可能男同志兒子不管活到幾歲，也不管事業成功與否，都是永遠的黑羊，卻又得扮著白羊的戲碼，是習慣，是無奈，好像都不再是甚麼重要的問題，有些事情給拆穿了我們還在死命維護著，針針線線將之縫補；又有的事情，我們以為只要不說就好，但父母還是問，知覺了，還要再往裡邊更探入些，就這麼一再下去，一再下去。

母親說，你姊去香港三天，連個電話也沒打回來。我說，就是說，你看我哪次去香港，沒消沒息的？這點我可是貼心得多。

隔壁桌男人回過臉來，想也聽出了些甚麼。

這餐廳菜上得快。轉眼梅干扣肉已送上桌子來，那蒸騰的蒸汽滿盈著豐腴的膏脂醬味，一瞬間，我們像分享了彼此共謀的甚麼，寬諒地笑了笑。

兩個男人他們的掌心

年節未竟，路頭三兩人群，城市是平和的樣子。幾趟國內與海外的旅遊走得不夠，還是想步行，隨意扛了本書吧，盡往巷子裡頭去。浦城街後頭，幾扇公寓門扉相繼打開，推著嬰兒車的年輕夫妻，收攏了領口上路了，而我也是，我在這路上。閃躲著風，天頂荒白的雲層，既無目的地，就可以慢，可以再慢一些的。

有的夫妻推著一個，手頭還牽一個，徐行三四人的行伍，當是假日才有的場景。

年輕的夫的問候，年少的妻的照護，我想起自己從兒童時代成長了，幾日前還在東京的，表哥負著甫滿一歲的小外甥，來到川崎同我會面。時間過去，我們的人生持續前進，不能否認我也想有個小小的家庭，只屬於我，屬於我們的，兩個人，可以有隻貓，或隻狗，實在的生活。

可最終欠缺的，畢竟是那最後一塊最為艱難的拼圖。

想著，走著，左拐右彎，再往城的更心臟地帶走去。遠處，一扇無異於其他公寓的大門鏘一聲彈開，走出來兩個年長的男子。看動作，看體態，年紀該是過了六十吧，兩件North Face的外套，一紅，一藍，藍外套那個戴著漁夫帽，紅外套的則有頂鐵灰的毛帽，兩人呢喃說著甚麼話，並肩往巷子這頭過來。

我緩步沿著水溝蓋走過去，看見紅外套那個，先是啣起了藍外套的手，搓著，又把藍外套的掌心捧上臉，作勢呼著熱氣。我走近了些，聽明了，紅外套說，這天還是冷，就說你還是要戴手套，偏不聽！藍外套的說，沒事，沒事，別上去了。聽得這話，我忍不住轉頭多看了一眼，也就一眼，紅外套原先緊緊相握著藍外套的手，觸電也似地彈了開，兩人原先纏綣纏綿的動作，突然便中止了。

我看得非常明白。那兩個年長男人，各自後退了一步，恢復成都市裡無處不在的，兩個男人之間所必須維繫的禮貌的距離。彷彿又聽到藍外套安撫而沉厚的嗓音又說一次，沒事，沒事的。我是不能知道他正試圖撫平甚麼的，可我想，那退後的一步之遙，就足以讓美好的甚麼也短暫地斷裂。我同時便懂得了，他們兩個之間的距離，就是我們這個時代，這座城市，所能給予他們、讓他們感覺安全的，最大程度的容忍。

我以為，關於這一切，我們已經非常努力了。

但他們用時間去證成的答案，是這個世界還沒有準備好。遠遠還沒。

對他們而言是這樣，對我，又何嘗不是。我還能等。但對他們而言呢？是否還有另一個二十年？當我加快腳步離去，有種愧疚從空蕩的街心升起，滿盈了我的胸膛。對不起。我們改變世界的速度還不夠快，我們會更努力的。我發誓。

當我這麼想，又已到了下一個街角，回過頭去想辨明紅外套和藍外套的去向，卻已經看不見了。

出櫃十年——寫在電影《為巴比祈禱》之後

「我的兒子向我出櫃後，我竟然還帶他去打獵。」
「他穿著粉紅色的襯衫。是他出櫃後唯一向我要的生日禮物。」
「鹿從我們面前跑過，他又叫又跳，喊著，『嗨，小鹿斑比！』」
「我從沒想過，自己可以如此接受我那同性戀兒子。」

已經忘記是怎樣的一股衝動，臨錄取建中那年夏天，我在爸媽房門口貼上一張紙條，寫著：「親愛的爸媽，如果我說自己喜歡某個女孩，可能不會讓你們太過驚訝。但如果我說，自己喜歡上的是另一個男孩呢？你們也會這樣平心靜氣地接受我嗎？」

時間過得真快，十年，轉眼就消散在來往建中政大台大的路途當中。身為同志十年，也就出櫃十年。我在眾多男人之間周旋過，和他們睡覺，然後同他們告別。我在網路上的這裡那裡和人們戰鬥，為了些不公不義，值得或不值得的事情，我留下許多字句選擇碩士論文題目也和同志有關。遊行第一年，第二年，然後七年過去了，我在隊伍最前面風華妖冶地扭腰擺臀，放上自己的相簿。然後，我走在隊伍邊上，為美好的人們攝下美好的影像。人們微笑，我同他們微笑，我們說「pride.」一直以來我告訴人們，你要勇敢。現今這個社會，身為同志還不是一條最順利的路，所以我們要勇敢。我們微笑。我們要用美麗對抗所有的責難與詛咒。

但十年了。恍恍迢迢這一路走來，其實其實，我還是不知道當年問爸媽的那個問題，答案是不是我想的那個。

親愛的爸媽，你們已經接受我了嗎？

「我的兒子十四歲時向我出櫃。」
「我一點都不覺得突然，畢竟身為母親的直覺是最準的，不是嗎？」
「……不，任何母親的反應，都不會是『噢這好極了』吧。」
「但他畢竟是我的兒子啊。」

二〇〇七年，我寫著，「爸媽說我好的時候我想，一定不包括同性戀的那個部分吧。我考上研究所，拿幾個文學獎，持續寫詩。我看許多書和許多人充分地對話，然而，爸媽說我不好的時候，又泰半與我的同性戀生活有關。爸媽永遠的潛台詞，似乎是『兒子你可以是同性戀，但能不能，不要讓別人知道？』老媽，一個燦爛美好的同性戀兒子，和質樸純真的異性戀兒子，妳比較想要哪一個呢？

其實我知道答案的，可是，我真的真的沒辦法給妳比較想要的那個。」

然後二〇〇八，二〇〇九，轉眼邁入二〇一〇。

我還是難以啟齒，關於我眺望芝加哥的日子，飛往香港的日子，在木柵公館與軍功路輾轉幾度的日子……內心深處我仍然想要告訴爸媽，我生活的細節，還有我寫的詩，那些他們教我的事情，他們帶給我的一切節制，瘋狂，與規律。如此傾心且為他們微笑動搖的，那些男人。也想如同姊姊那樣，把男友帶回家來吃飯參與在基隆在宜蘭在這裡那裡的家族聚會。我當然想那麼做，可是一直以來，當我一開口提及那些男人，甚至我已經避免使用「男朋友」這三個字，我親愛的爸媽就若無其事地把話題岔開了去，如果這樣的話，我該怎麼相信我最最親密血脈相連的人們，會接受我生活的這一面呢？

親愛的爸媽，我從來不曾認真細述過這些的。

如果你們並不真的想聽，我就不說。嗳，我不說就是了。

「我的女兒是同性戀，我曾經把她送去接受心理治療。」

「但當醫生說她應該接受電擊治療……」

「我就想，不，不可能。我不可能讓她受這種苦。」

「她有做錯任何事情嗎？」

其實，在這家裡沒有人做錯事啊。我也心疼母親在知道我是同性戀那陣子，鎮日自責擔心是否自己上輩子做錯了甚麼事情，敗壞了甚麼倫理。我也心疼父親，當我夜歸他暴怒鎮守客廳，擔憂我是否前往甚麼病毒與藥物交纏的，壞的場所。甚至我一度懷疑自己做錯了，如果我可以守住這個祕密，如果我忍住不說，這一切是否就不會發生了……

只是親愛的爸媽，你們怎麼能自私地只願讚揚我的詩我的散文一次次得到了獎項，卻不能靜下心來，接受孕養出這些文字的，我的生命呢？所有那些不能言明的，我的暴躁憤怒矛盾與徘徊，我的惶惑我的幽暗我的情欲我的想像這一切都像流沙將我淹沒。長久以來，或許我是這麼想的——如果我再得一個獎，如果我的告解再一次印刷在報刊雜誌在文學獎合輯，甚至我將所有這些發布在部落格上，你們會坐在家裡客廳，攤開這白紙黑字，會讀懂我。我在某些文章裡虛構了美好的和解，我真的希望有一天回到家，那願望就這麼簡單地實現。可是可是，我這樣的想法是否仍然太天真了？

親愛的爸媽，你們說要我別把去同志遊行的照片貼在相簿上。親愛的爸媽，你們要我別再寫「那些特定的主題」了。親愛的爸媽，你們要我別那麼招搖，你們說……

親愛的爸媽，你們已經接受我了嗎？

「當我們祈禱……」

「當我們合稱『阿門』，請不要忘了，你的孩子也在聽著。」

當然，我慶幸自己生在這樣的家庭。出櫃十年，爸媽對我的限制也不太多，仍供我穿，供我住。心情更好的時候塞點零用錢給我花用，家庭成員的心理變化總是隱而不顯。可是這樣難道就夠了嗎？親愛的爸媽，我總感覺這十年來我們從未真正貼心過，要討喜對我而言是非常簡單的事情，我學會撒嬌，我會講些貼心話，我會裝作不讓你們擔心的，好的樣子。但我們難道就只能這樣下去了嗎？

親愛的爸媽，未來的下半輩子，我們都只能隔著這條鴻溝對話了嗎？

相信你們也覺得不夠。不是這樣的。我們原本不是這樣的。出櫃之前，我一直都是你們心中的乖小孩，從來不用擔心我的成績，我偶爾說謊，但很快就會自己拆穿然後道歉。我想起來了，出櫃的原因，或許正是因為我不願一直一直隱瞞自己，我以為自己可以不再說謊了，但終究還是把我們全家人都塞進了一個更大的，假裝若無其事的謊言了嗎？親愛的爸媽。事情是怎麼變成這樣的？我記得不是很清楚了。但或許我是這樣希望著的，之後我能夠牽著你們的手，告訴你們——

「你們親愛的兒子一直都在這裡，並沒有遠離。」

「當我說話，希望你們也能真誠地傾聽。」

＊文中口白，節錄自電影《為巴比祈禱》（Prayers for Bobby）片段。

輯二 十夜

心事不知為何曲折了
一個人跳舞獨為你算盡了時辰
百葉窗黯淡浮動
吟唱從何而來將我匆匆輾過
深深看盡忘卻的深井
我便放火燒去來時的路徑

第一夜

當你想寫的時候你覺得自己無非是一個沙人。每件事情迎面而來都跟你一樣支離破碎，都一樣，都可以從指縫溜走，你坐在桌子前或坐在桌子上並無差別。寫的痛苦首先體現在手指掐著筆的位置你歪歪斜斜地寫。然後是那夜。挾著生活，洪水般將你沖散。黑色的洪水。

你是沙做的你把臉埋進沙漏，所有字都往桌面的邊界溢散出去。

當你不寫的時候，也就不寫了，一盤沙或者怎樣都無所謂。

你逼迫自己坐在窗口看星辰起來看星辰落下，太陽起來太陽落下，乾涸的眼底你像個瘋人看著一輛車開進另一輛車，靜靜的甚麼你聽不見。你也不哭。也不笑。可能走到街上去只是撿起幾個鐵罐幾張報紙，把日期按壓在胸口心臟跳了幾次，日期沒甚麼回音。摺起眼睛。摺起耳朵。

在你的文字裡頭藏著一個母親和一個父親。因為你不能分娩出你的父親與母親，你在他們身上各安上一道傷痕，讓他們並肩躺著傷痕會形成一條弧線。若他們重疊，就形成一個叉。

你的痊癒能力不算很好，有時假裝自己是另一個人，尋找一本沒被寫出的日記。窗外的楓香又生出了綠的芽。

你希望它把枝枒伸進窗內，和你齊困在同一間房裡。

拜一的Free Hugs

午後，他行經捷運站出口的地下廊道。在電扶梯前頭，遇見一男一女，男的留了長髮，遠看依舊可辨出臉面薄施了脂粉，女的則戴著粗框眼鏡，看來是大學生模樣。那兩人，各執著面海報，一張寫「給跨性別Free Hugs」，另一張呢則寫著「我是跨性別。我想從男↓女，徵求大擁抱！」他趕緊換上腦海中的詞彙，這倒是該稱兩女了，啊，即使那兩人沒走上前來，他也會過去，給他／她大大擁抱的。

正這麼想，那兩人迎上來，說先生先生，不好意思可以耽誤你一點時間嗎？

好啊。

那兩人說，我們正在徵求擁抱，他輕輕一笑說，我知道，Free Hugs嘛。心頭忖念，當然好，怎麼不好。他們露出有些詫異的表情，可能是少有遇到答應得這麼乾脆的路人，他想。

那兩人還在解釋Free Hugs的時候，他卻有些分神，內心掛念一會兒要上銀行辦的事項，還有接下來得處理的幾件工作事務，也沒特別留意到身旁靠來另個女子，想是路人吧，也聽著，滿好的，路人看到跨性別的海報，會駐足、會停下，真是不錯。那跨性別者說，雖然我生理是男，但希望未來可以接受手術，變成女生。

他心想，啊，多麼勇敢的一個人。正點頭時，卻猛不防，那路人女子開了口說，哼，就死人妖嘛。語畢，竟這麼頭也不回上了電扶梯要揚長而去。

甚麼？

頗有些猝不及防，怎麼回事啊這人，他心頭一股氣湧上來，對著那女子背影喊，小姐，妳這樣不好吧？

跨性別有甚麼問題嗎？

真是氣人，二十一世紀的台北，還是這樣，他突然像從一個甚麼理想國的夢境裡醒過來，回神，看那跨性別者眼神閃爍，他甚麼不能做，只好說，欸這世界上真的甚麼人都有，不要理她吧，神經病。他甚麼都做不到，說，我們來Free Hugs吧，要拍照嗎？那大學生模樣女的卻還有些遲疑，問說，可以嗎？當然可以啊。

他沒有說的是，這當口，這世道，一個免費的擁抱，其實也是他所唯一能做的了吧。

抱完了也拍了照，他想，該去辦事，臨走前他說，加油。真的不要理那些無聊人士。雖然他想，一聲加油多麼容易說出口，可如果他是，他想，如果他是跨性別的話，所面對的最沉重的那些，又多麼困難。

他想，身為一個男同志，其實他彷彿有些懂得，可又不能全部理解，友朋同儕都這樣自然地接受他了，可跨性別，跨性別所遭遇到的，難道不就是那簡單死人妖三個字所代表的，那麼多尖刺的世界嗎？

想到這裡，突然幾個年輕人圍上來，其中一個帶頭的說，先生你好，我是同志諮詢熱線的實習生，他點點頭，心想是熱線策劃這Free Hugs啊，眼角餘光卻又瞄到那原已消失在電扶梯彼端，出言不遜的女子突然轉回過來，他用力眨了幾下眼睛，是不是自己認錯了，還想接著說小姐妳好意思回來啊，可那青年人群說，先生，這是我們演的一齣情境測試，要看看台北路人對跨性別的友善程度，又指著遠方一支隱身的錄影機，說剛才的過程都已經拍下來了，不曉得你是否願意讓我們把影片放上網頁……

他愕然一笑，原來是，被設局了啊。

他說，當然可以放上去，我當然同意。沒問題的。

啊，幸虧是演的，假的齣戲，那飾演路人的女子，仔細一看原也是大學生模樣，她嘻嘻一笑說，我剛說的絕對不是我內心所想的呵！他一聲哈哈，卻笑不出聲音，心頭一塊大石放下了，說那沒事兒了吧，大家加油。

加油，掰掰。也在內心給自己握上個拳頭。

臨走時，背後傳來眾人的討論，說剛才他有說小姐妳這樣不好吧，真的好難得……人聲越來越遠了，他想的是，倘若是遇到了別人呢，台北終究已經是性別友善的城市了嗎？又或者，就放手看那路人女子走開的人，會不會畢竟是多數？他猜測了幾種可能，也只有幾種可能，他對這些還有脾氣，更慶幸自己並非沉默的大多數，那時電扶梯上到了地面，迎來週一午後亮得讓人眼盲的日光。

拜二也有超值晚餐

他說，謝謝。從店員手中接下找回的四百零二元，將四張百元鈔分三等份摺起，放進皮夾裡。轉身到櫃檯另側隊伍候餐，眼神和後頭等待點餐的青年女子對上，不過一秒鐘時間吧，他習慣性牽了牽嘴角，好似笑了，但其實沒有。

只是習慣了。做出笑的樣子。

其實平日晚上他不太吃麥當勞的。

結束了鎮日的工作，收拾了數字，風捲殘雲般關了電腦，一步三嘆走開了桌子，甫下班，佇立在森冷的大廈廳口，原想小喝一兩杯，想著，啊偌大路口，卻往哪去，這頭的紅燈還有三十六秒，短短的，便等了，等了一忽過到對街去，打開手機想著要找誰，那頭紅燈又轉綠，也沒多想又跨過了路口，突然便在麥當勞裡邊，點了餐。

原來平日晚間也有超值晚餐，套餐才要七十九，加了一份四塊的雞塊，共一百零八元，給了五百一十元，找回些零錢。兩塊零錢扔進口袋裡，悶著，沒發出聲音。

他同店員說，謝謝。店員臉上還有些雀斑，淺淺印著。

這比午餐便宜些，簡潔些，記得午餐好似是吃了一百四，怎麼吃的？記不得了。生活是這樣過，這餐那餐，記憶多不牢固。就算記得了，能發生甚麼意義呢。不過是陽春麵，滷蛋，燙青菜，許再加碟一人鵝，汆燙了拌著薑絲辣醬油膏吃了，他往常笑著說，混吃等死，自然是的，平常日是麥當勞或者滷肉飯，有時他想念豬腳，有時在自助餐指幾道菜，已經都可以。

看不到自己的表情，當然不，可他想他是笑的，或至少看來是那樣，也就好了。少頃，餐點皆到齊，上了二樓，餐區滿滿是人，哪來這麼多吃麥當勞的人？

這天工作沒甚麼不順，但要說順，也稱不上，到了晚上卻有些幸運，放眼大約是全店最後張四人的座位，坐定了。從吸管開始，可樂開始，不可不樂的生活，晚餐是一天的開始還是結束，他還有些力氣，留給別的事吧。隔著耳機好像聽到有人說，先生，先生。

他取下耳機，怎麼？桌子對面站了個男的，說，這裡讓我們坐一下。作勢比了比他對面，兩個空位，他說好，當然，又笑，扯著嘴角淺淺的笑，沒理會那男的語氣帶有點命令，他聽得出來，可理會有甚麼用，能說不嗎，好寬闊一個城市，偏偏麥當勞也就剩這麼兩個座位。

那男的用詞說，我們。揮揮手招來個女的。

男的頸子繫著嗶嗶狗牌，他啜著可樂，看是個科技公司，可男的穿著修身的襯衫，算得上挺拔，髮際也擰得十分緊湊，約莫三十年紀，不像是工程師，倒像業務。

一開口向著女的，說，這邊先坐，等下別地方有位置再換過去。

還真是業務的口氣。妥妥當當的，把人捧著當娃兒。

女的年紀看起來是比男的小了一截，穿著條牛仔熱褲，粉紅色短袖圓領衫，挑染的髮式掛著時興的厚瀏海。他看，對面的餐盤裡，只有一份套餐，薯條升級成大的，卻有兩杯飲料，一杯碳酸，另一杯是麥當勞新推的粉紅色漂浮，和那女的上衣能搭上的。

男的又開口，麥當勞我都從薯條開始吃。

他胸膛哽了口氣，險些沒噎著。

女的不置可否，發出嗯嗯的聲音，邊把漂浮飲料的上蓋取下，拿吸管蘸起了霜淇淋，舔著。

男的說，今天要是有點雞塊，薯條就可以蘸糖醋醬吃了，真的不喜歡番茄醬。餘光看見那男的，瞄著他餐盤裡的糖醋醬，半拆，已經蘸過了薯條的糖醋醬。

又問，妳吃薯條都不蘸醬嗎？

女的突然銀鈴般笑起，淺淺說，看心情。

那時他四塊雞塊已經吃完，拆開了麥香魚的漢堡麵包，拿薯條捲了酸黃瓜塔塔醬。是怎樣的心情呢，他想自己其實也不愛番茄醬，總在櫃檯邊說，不用番茄醬，也還是會有些耳朵十分生硬的店員老要給他，他就一字一句說，我不用番茄醬。但他卻喜歡光吃下半部的漢堡和魚排，還有中間那塊不知甚麼時候開始被節約成本，剩下一半大的起司片。

妳平常都怎麼上班？女的說，捷運。在哪裡呢？科技大樓。從妳家過去也算不近了。還好，坐公車再轉捷運。習慣了？對呀。

那女的沒吃餐，就邊喝著飲料，邊吃薯條，還拿薯條蘸霜淇淋吃。

男的說，妳平常晚上做甚麼？在家看看電視劇。韓劇？嗯嗯。我比較喜歡看電影，電視劇時間錯過了就跟不上，時間不好配合，電影想看甚麼就看甚麼。女的又笑，尖尖的嗓音說，可以看土豆網或PPS嘛。聽起來有點麻煩，我還是喜歡電影，前陣子的《蜘蛛人》，3D的，妳有看嗎？沒有。或者是《熊麻吉》？喔那個，好低級喔那隻熊。對啊他那首雷雷夥伴歌真的好好笑……

女的拿起吸管挖了把霜淇淋，往男的嘴裡送。

男的說唉呀，我漢堡都還沒吃完。女的，吃吃笑說，有甚麼關係嘛。

其實平日晚上他不太吃麥當勞的。直覺自己看見了一個甚麼錯，可又哪門子的錯，不過是晚餐，他想，是又想多了，起身往回收桶去的時候，那男女還在更新著你喜歡甚麼我不喜歡甚麼，那樣的話題，他或許是快樂的，或許吧，在心頭同自己深深地唉了一下，他覺得好累。

唉，真是好累啊。這才只是拜二而已。

拜二是平日，平日的麥當勞有超值晚餐。

第二夜

你寫的東西你並不總是將它們收起來。

你失去胃口的時候連水都不喝。抬起頭來看著天花板上的電扇它難道不會暈眩嗎，而燈光，燈有一雙非常明亮帶電的眼神它看著你看進你的皺紋你的毛孔。它長著針。

但你想其實一根針插進沙裡頭是會被淹沒的，所以這樣就好了。或許寫也不是錯的，不寫也不是錯的，只是你未曾滿意過。

我和我吃過的史蒂諾斯

失眠的片刻，輾轉反側，望著同樣的天花板又再讓羊群從一到三百，再回到一吧，又是幾個三百的輪迴甚至我肢解牠們，讓牠們成為羊腿羊膝羊肉片羊雜……

後來，想到自己是不吃羊的，就又醒過來。

有時會想念那白色的藥丸。那是我和我吃過的史蒂諾斯。我可以選擇的那些時候，往往是，不得不。不，我不要再吃藥了。半夜掙扎著，盯著掌心那小小一粒藥錠，和水仰藥，平躺在床上再次盯著天花板。等藥效上來。掙扎。像溺水的人抓住浮木，為甚麼又醒了？換到沙發上，等到天剛白，又睡。

我不要再失眠了，我不要再吃藥了。我不再抽菸了，不要再哭泣了，我不要再愛你了。都是習慣，所有習慣都致令戒除困難。

母親說，你最近怎麼都睡在沙發。

我揉揉落枕僵痛的肩膀，說，睡不好。

明明感覺自己正緩慢地康復著，卻又有甚麼東西，在甚麼時候屈折了，斷裂了，像疲勞的金屬，像無法再延展的金線，像死亡，深深埋進我們的身體裡面。朋友問，你最近還有吃史蒂諾斯嗎？我說，沒有了，我不吃它已經很久了。又想起當時，他說，這麼大一個人了，要照顧自己，對自己好。其實他說的道理我都知道，可是憂鬱的意思是，我都知道，但是對不起我真的做不到。

憂鬱是，不允許自己是快樂的。

我真的做不到。憂鬱是一種習慣嗎或者不是，說謊是習慣嗎或者不是，愛是一種習慣嗎，或者，不愛是一種習慣。都是習慣，致令戒除困難，我說，我不想養成心理依賴，我說，我低著頭，想起這是他對我說過的話，他記得嗎？

那時，他笑了笑，寬容得像一座山，餵養了滿山的森林，張開一張網，將我捕獲。

曾有一個晚上，夜診才拿的十四顆史蒂諾斯，第二天醒來剩下八顆。無法記認的深夜，發生甚麼事情，爬起來竟一次將幾顆史蒂諾斯吞服完畢，後來是另外八顆，過午醒來，發狂也似地翻找垃圾桶，後來，也就真的找到了八顆史蒂諾斯藥錠的空殼。我卻甚麼都不記得了。習慣，是所有為未來預留的黑暗。

後來我就不再吃史蒂諾斯。

感覺像是選擇不吃，其實是，不得不。

可能有些機會，我能夠選擇。選擇當一個更好的人，選擇停下腳步，選擇遺忘，選擇記得，選擇走比較荒唐的那側。我以為我是自由的，但有些時候，甚至是大多時候，我是怎樣的一個人其實自己也不真的有氣力反對。尋求各種睡眠的偏方像是尋求撫慰與療癒。非常有可能我已經壞到底了，但真正靜下心來同自己相處，也可以睡。

也可以。

那麼，究竟是甚麼東西，在甚麼時候損壞了呢？

總有個問題像一把刀，但其實也不真的需要答案了。雨啊你落下吧。讓我們可以甚麼都聽不見，令我在哀哀的雨季裡，聽風，聽雨，驚雷有我，暴雨有我。當我想起那些我吃過的史蒂諾斯，我想自己是真真切切在康復著。

康復像是選擇了一條對的道路，卻其實只不過，是不得不。

四月中旬毀壞明顯

四月中旬，毀壞跡象明顯。和醫生討論過後，決定把速悅的藥量，再往上加了一加。月來，確實感覺神智清明，感覺爽氣，工作順利而無跌宕，無翻覆，那些壞的確實正緩靜地痊癒，可是為甚麼我又感覺，過往有些好的，卻也一併清掃了出去。

我的哀慮被取走了，這是真的。可憤怒也被取走了。快樂被取走了。

而人靜了下來。原以為生活已足稱無詩無歌了，但我不知道還有更平緩無風的海面，能夠美麗得這麼像假的。

笑也不需要假笑，快樂薄薄的，輕輕一吹就散了，下一秒鐘想著，甚麼是快樂，上一秒鐘的我。想到這裡，去想另一件事情了，想著，想著，而不問快樂不快樂。原來理性秩序恢復的時刻，是用對感性的整肅換來的嗎？其實我知道我早知道的。

用速悅前前後後三年許，間中斷過一次。確實我熬過了戒斷對心臟的電擊，熬過了馬路中央的昏眩，熬過癮候，卻熬不過還是清醒發著瘋的自己，又回去同醫生說，你給我藥吧。看著他穩穩的下巴，差一點我要說，救我。讓我回到這世界讓我成為我所能看見的，平庸的人。只求看不見自己，或許我可以不瘋。

不瘋了。不要再瘋了，意味著不去走那些無以言喻的，曖昧的，壞的門徑。

不去走就是，不寫詩就是，可能人生穩靜如斯其實也沒甚麼好寫的，倘若光潔地活著，過於純白無垢一個人。還算擁有秀麗的風景，可明知道世界是這樣不是這樣的，甚麼狀態是正常的甚麼不是，怎樣是發著瘋，而又怎樣不是？想著如何寫出更殘酷的語言是瘋的嗎，每天準時起床梳洗上工放飯等薪餉入袋又如何不是。

我是繞著自己運轉的星辰，重力的邊界相互擾攘，讓漩渦來把我帶走吧讓我存活在下一個位置。讓我位移而無有深陷，無有深陷，也就無有傷害。思考而不感受，讓我看著五月中旬，邊界持續消失。陽光曬下來，綠蔭裡我甚至不知道該說這樣的天氣美麗不美麗。其實很想說些甚麼，卻又像，遠遠的一個人，他看著自己等在紅綠燈前，啞口無言地過去。

甚麼是真的甚麼是哲理，躺在床上想了良久，良久，暗夜裡，聽著對面陽台上洗衣的女人她一個人過來嗎，痊癒者在整城振臂揮舞的姿勢中靜止，渾身無處招惹塵埃，我發現自己，自己竟遺忘了睡眠的姿勢。

我應再次戒除這一切我應更加真實地活著。再次接受所有憂慮都是我的，是壞的那些造就了如今的我，得允許自己不痊癒，其實也不需要，藥物帶來的幻景空境所補全的日常。

我能握著自己掌心發著熱，發著汗，但不去想壞的部分，只要肯認自己從沒真的好過。

畢竟，從沒誰是真的痊癒過。然後可能便這麼，真好了。

第三夜

當你開始寫，記得率先碰觸那些標示為不可碰觸的事物，盡你所能地闖進它們的中央，因為看似完好的那些也隨時都會生出齒牙。

在這裡你的臉即將開始生長，環顧四周睡著的人，仿造他們的臉給自己造像，別管他們的睡姿總是擺出事不關己的樣子，告訴他們，「我來當你們的主持人。」你在瘋人院的門口開出一張歡迎光臨的牌告，當你寫了幾個字在落地窗前坐個三四個小時，或者更久感覺半個世界都是你的，霾害和光塵在腹裡翻飛，像一個嬰兒，嬰兒總是向你索求希望你餵牠。

牠是獸或者其他，讓牠學你走路學你寫字學你往左踏步，在牠的左邊給牠安一口深不見底的湖泊讓牠墜落。讓牠溺。

其實你一直想寫想寫的慾望是飢餓一般蓋過所有的聲音。

不寫會死的陳腔濫調是這些日子走在安全島上，左邊是車流右邊也是，兩堵灰色的流動的牆，感覺一切都無可奈何，在口中插進根鋼管讓有的東西出來有的進去。煙在路面滾動。有些無動於衷。

麻雀與老鼠同聲從筆尖溜走，剩下的食物分量不多你不能將他們都餵飽。

除非那間屋子破了除非那些門已經失去了，你不要在意那些住在那裡的塌陷的牆。當你開始寫你首先開始的是一扇不能關閉的窗。

你對自己破口大罵闖過技藝的邊界呼嘯而過的同儕，你只是穿著些被人扔掉的衣服或者晾曬在天上給風刮下的，你只是穿，只是寫，寫那些人們還要用的，不要用的，你分得清楚，關於寫你從不搞錯。

然後你可以開始寫了你真的可以。在一個舒服的日子你又創造了一種新的語言，僅有你看得懂的你說了一個故事。羽毛與糞便。樹葉和枯枝。愛你的與你愛的你都把他們寫在牆上。且令你放心在另一個不舒服的日子你寫你學會這點，有一些你不能碰的你就闖進它們的中間，蹺起你的腿，感覺驕傲感覺知所進退都是真的可以。

我們回去吧

收攏鎮日的工作，從南港軟體園區離開。時近七點，深秋的日光又結束得越來越早，園區怕已沒甚麼人了。城市如一道鏡廊，萬花筒，又如彩色的默片一般快速轉著，心頭開了口井，車來了，我無聲了，很想去喝杯酒，胡亂發了幾通簡訊，從園區向西行的路上，我乾乾咂著嘴唇，還沒開口已知道自己啞了。

這樣的天氣讓人無話可說，連命名都困難。溫度幾日間已下降，沉落之後還在下滑。行程與行程之間，天空清朗得像張巨大的網，罩住我，沒有人覓得到逃亡的路途。城市是我們的巢還是堅固的牢。

裝假著，笑著。這些日子下來，工作啊，已讓我變成甚麼樣的人了？

想起那天晚上，人滿為患的西門町，紅樓的夜晚，揀了空檔和友人踅到後頭小七買零嘴。兩個人過了馬路回來，半閃半躲的腳步，在十字樓的邊上，他說坐著一下吧？我說好。河岸留言透出橙紅色的燈光遮得他眼睛有些疲憊。他點起菸說，看看這些年輕的同性戀，他們多麼無所畏懼地快樂著。

我說，是。

其實他以前是不抽菸的。而究竟甚麼時候開始，他飲酒的時候會想要有菸，一根根，淡漠地吸著。一些氤氳一些沉默。他說，其實抽菸真的只是擋著無聊。

他指著酒吧說，你看這些人，滿坑滿谷的。年輕的那些，揮灑著一切，他們看起來都好快樂。我說，其實我們也曾經是一樣的。只是事情甚麼時候開始發生變化，是學歷，或者工作，或者社會的連結改變了我們。

他說，或許是吧。或許。沒有人說得準。

認識十多年來，我們其實鮮少問起對方快樂不快樂，那些潛流的悲傷與縱恣的歡好，彷彿都知道了那樣，開始的時候就預見了結局，還沒發生的那些肯定也都在心中搬演了不只一趟，因為認識幾深，更知道詢問快樂與否的問題，淺淺的，碰不到任何重要的地方。

我說，我們以前都是那樣。只是現在不是了。

他說，你知道嗎，我們只是比別人多了一些餘裕與籌碼，比如說我們的學歷、工作、社會位置，出發點比別人前面一些，但我們想要的東西是不是更多了，貪了，欲求了，為了一些看似重要的事情犧牲另外一些，卻怎麼不能像以前那樣單純地快樂？比如說，眼底下那些三十幾歲的人，比我們小不了多少年紀，一個月收入兩三萬，每個禮拜還要出去喝酒玩樂跳舞，那麼無所畏懼。但我們不能。

我說，我們當然不能。想想，二十五歲的我們與他們。三十五歲的我們，三十五歲的他們，到時候我們會在哪裡，身邊會有人離開，一次次築起城市裡的堡壘，再一次次親手將它毀棄。我時常想像自己工作時的表情，冷酷，緊繃，假裝自己非常精明，但那又為我帶來了甚麼，我們都在擁抱自己原本不那麼同意的價值，直到世界把我們變成另外一種人。四十五歲，到時候回望了二十五歲的自己，還能想起當時的快樂嗎？那時，我們還能有同樣的快樂嗎？

他說，我不知道。

其實我們都不可能知道的。

這日我搭著捷運從東往西行了，想著，是要再往下搭一段，還是就在忠孝新生換了車。往西，或往南，不想走台北車站的三層樓，好比我們只能知道自己不要的是甚麼，卻永遠無法確知自己要的是甚麼。那是因為，當我們得到了一些，很快地就會將視線望向下一個更亮的所在。不願停留，那是我所唯一可以確定的。

這樣也好，我的喉嚨啞了周圍的人表情看來也都已累壞了，沒辦法再多說一個謊。再說下去，這季候的雲啊，風啊，快些落下淚來。

猶記得那晚，其實夜色還淺，他丟掉了菸蒂說，我們回去吧。有一瞬間，我很想接著問，如果可以的話，你願意回去那個無所畏懼的年輕時代嗎？

但我終究沒有問出來。肯定也是沒必要問的。

我又說了一次謝謝

如常的一天邁向終結，行程結束了，卻沒有新的東西正在升起。有時就是會被生活背叛。一場外出時落下的雨。一封信一通簡訊，超頻寫到氫爆的腦袋，出言不遜的陌生人，闖紅燈的計程車，走路歪斜的女人同來碰撞。不及閃躲的步伐，都走在紅線的外面的外面以及外面。

搭上離開信義區的公車，左搖右晃，我感覺內在有個部分靜靜地歪斜了，是忽靜忽駛的速度嗎，或者漸次積壓，滿溢的工作，無聲地將我放滿。讓我屈膝，讓我臣服，讓我緊緊扶住握把，才能不致被輕微的震盪甩開來。

下車前我刷卡我嗶了一聲我說謝謝。遠遠聽見是我的聲音，乾乾啞著。

像另一個人。

像別人的人生，有時生活就是不會輕易放過每一個人，它在每一杯遲來的酒，在炸得太焦的雞排，在抽完的菸盒在受潮的餅乾在流動的黃昏，在襪，在鞋，在守候的路口。生活有一種聲音讓我們瞎讓我們盲讓我們感覺遭受背叛，在熄滅的燈火，像一籃腐敗的水果。

逃進永康麗水街區還是一樣那麼明亮而喧譁，我縮著身子，走進快餐店伸出手指比一。我自己的意思。一如往常的下班時間都是這樣，一不算多，也不算少，像是確實的我的存在，卻沒有再多了，像我願意肩負的那些從不真的屬於我。認真跑新聞，認真寫詩，認真希望世界上能多一些公理與正義，這些我都想但不是我所能背負的東西，下班後我還是自己一個人。世界不會改變它並沒有改變。

餐館裡的婆婆從櫃檯後頭踱出來問說，吃甚麼？

我說，給我炸雞腿飯吧。她擺出個寬諒的微笑說，唉呀，炸鍋已洗起來了，老太婆原本想偷懶，休息啦，吃燒肉好不好？

好，我當然會這麼說的我說好。又，我怎麼說不。

那時，明顯已是餐館準備好要打烊的時刻。廚房裡的中壯年男女，搭了伙的，端著一只只菜盤飯碗，圍著在餐館後頭嬉笑著坐下了，有的抬頭看著電視新聞，有的翻起報紙，還有一個，拿著我的燒肉飯走過來，說，小弟，別急，慢慢吃。又抬起臉來，對正要走進來的年輕女子說，今天沒有了今天沒有了，歹勢喔。再走去，把玻璃門內的牌子，翻成了休息中。

這餐館的一天，也即將結束。豐盈的生活的聲響，才正要綻放開來。可我的生活裡，聲音四處洶湧而來，呼告著上市櫃公司季報裡輝煌的昨日。有時生活它把我捕獲把我們凌遲把每張臉都放進刀口，把皺紋割下快樂不快樂甚麼都可以有都可以沒有。卻覺得，我在記者會現場，記者室，又或者別的地方，我在每個地方，我的每一個今天充滿沉默。在餐館裡扒著我的燒肉飯，我充滿沉默。

生活是甚麼樣子呢，比如說，白飯，燒肉，與四個配菜，青翠的四季豆，肉絲炒豆乾，紅蘿蔔炒高麗菜，玉米三色豆。

餐食顏色非常繽紛而鮮豔，也紅，也綠，太不像我。

餐館的後頭，聲音這樣那樣傳來，唉呀，那甚麼H7N9的，流感是吧也忒厲害，怎麼，打個高爾夫球都會生病，怪恐怖的。就說了，中國衛生情況不好的，我們家誰誰誰她老公啊，成天往中國去，擔心死人了，前兩天回來了，要抱我那乖孫，叫他先洗手，還不甘不願的，真是！噯你別瞎操心了，就算上了飛機，若人沒生病，病菌甚麼的也死絕啦。另一個就拿起報紙翻，說，今天是不是收平盤哪，欸，怎麼沒見到這報紙上有昨天的收盤的？

你啊你，昨天是禮拜天呢！沒開盤的，報紙怎麼會有？

啊呀，真是，看看我都老糊塗了。

聽著聽了，我的臉埋得越來越低，一口白飯一口紅燒肉，四季豆與豆乾，高麗菜與三色豆，吃著吞著嚥著，一天結束了，而我多麼希望自己的生活可以再簡單一些，再簡單一些些就好了。簡單的鹹，簡單像今天那碗紫菜蛋花例湯，熱茶一杯，清了口腔清了我整日趕赴的不曾到達。

直到我扒乾淨了餐盤底下最後一粒米，站起來我喊，埋單。那年長的婆婆過來說，吃飽了？看你吃得急，沒趕你呢。我說，不，不會，我吃飯比較快。那婆婆說，飯要慢慢吃才好呢，吃得晚，又吃得急，不好的。我一時張開了口，卻不知該怎麼說，怎麼回，那樣清澈的問候，十分鐘前我們都還是彼此的陌生人。她又瞇起眼微笑著，再問了一次，真是吃飽了？

我點點頭。遞給她張百元零鈔，說謝謝。

轉身出門之前，我像要再肯定些甚麼似的，又說了一次，謝謝。

這回我確實聽見自己的聲音了。

第四夜

你寫的理由其實好簡單。你恨透自己季節性的憂鬱總是穿了錯的衣服，在冷天寬衣在雨天收傘，赤炎炎的晴空底下你有一件羽絨的外套無處可擺，把它脫下你從縫線下面抽出一根根羽絨一根根。你抽著它們像把自己拆散，風來了就飄在風裡。

昨日的雨下在溝渠，你寫的理由，你問，你答，說給自己聽久了你不再問。

在這裡你成天發著慘白的慌。

在這裡你坐著。你寫，寫之前清咳兩聲撥通電話撥完了你寫，電話沒接通你還是寫，都很好，你寫的理由是追求繁複但你欠缺的是所有的簡單。你恨透自己總是在這裡空空坐著，和自己爭吵的聲音在二月的第二十九天，陽光總是太晚出來出來的時候又讓整座城市顯得健康，顯得安全，清潔自在得虛假了傷逝了所有人都在笑著。

乖巧奉承得近乎嘲弄。你寫下這些。

凡塵記

一、

那麼羅先生，這些年來，作為財經記者，可否談談你的收穫？

是的……從新聞工作，報導文學，還有最核心的文學，我跨出來，這些日子以來，我接觸了不少以前完全陌生的領域。主跑航運，工具機，無塵室，半導體設備，系統工程，驅動IC，砷化鎵相關，IC通路，還包括一些傳產。名片盒裡押著以微笑換來的各種頭銜，董事長，總經理，協理，集團總裁，副董事長，財務長，業務副總……過往想都沒可能想過的，和這些人對談，他們的經營哲學他們的高談闊論，臨走的時候為他們拍照。

這些日子來我學到很多。對財務報表的認識，從零的程度逐漸積累，一年也就是四個季度，四個季度這樣過完，股東會，年報，公開說明書，承銷商報告，外資報告……讀過不知凡幾，如果把這些字數都累積起來，那肯定是很可觀的一份資產了。每天盯盤，也盯出一些心得，技術分析，籌碼分析，產業分析，想都沒想過的半導體材料，射頻元件，航運與消費指數與總體經濟，進出口與匯兌衝擊……我知道這些。當然。

了解。還有要補充的嗎？

還有，當然。不只這樣。其實每天過完，我總是感覺磨耗。

總是感覺，那個並不偉大的自己只剩下一點點。

當夜晚過完，新的一日開始，我衝著鏡子裡那個頭髮蓬亂的傢伙乾笑，不太確定他是誰。這是我最大的收穫了。或許我從來都不確定自己是誰。我終於認清了這件事。

二、

才坐定，都未打開卷宗他說，嗨，你是個詩人。

那個大塊頭走進總經理室，衝著我笑。詩人啊和我們這行業做財經新聞的，好比是在光譜兩端。那其中的扞格我想你應該是有想清楚了，才又決定來這一趟。談談你對未來媒體的想像如何？比如說，部落客、記者、作家這幾個身分，對你進入建制媒體，有甚麼優劣？

你如何解讀媒體形勢？

我一邊摳著牛仔褲那邊邊鬚鬚的破口，看著窗外天空，我想那日天氣是好的，看著雲從窗外過去，風也是，浮浮流流地接下話頭，說著。

也不知談了甚麼，談了幾多久，一回神，大塊頭嘩地站了起來，說我覺得你挺好的。很歡迎你加入我們。伸出手來同我握了一握，送到電梯口又再說，過幾天人事部會再和你聯絡，八月一日上班，總之你收到信，簽名寄回來，希望報到那天能夠見到你。

我們到時候見，他說。旅程便這樣開始了。

起跑的時候，我並不知道，這路其實並沒有終點。

朝八晚六的日子，折返在公司與記者室之間，在咖啡館與商展現場與群眾搶奪僅有的那幾個插座，豔陽下的高雄港，竹科的風，南科，中科，內湖與南港展覽館，在路邊伸出右手吧，跳上計程車拿行程和截稿時間相互傾軋。下班以後，便在捷運上成為低頭沉默的那種人。

高鐵與更多高鐵的時日，同事笑稱，若把整個新聞部幾年來累積的高鐵票券頭尾給接起來，不知道能摺成幾座一〇一？在記者室的玩笑，這麼一說，眾人歡快地笑了起來。

又更後來，自個兒搭過的高鐵，折換哩程恐怕都可以換上幾張台北香港來回機票。

快速流逝的時間，每個月一日到十日是公布營收，月中開始轉淡，展開必要的拜訪和約談。轉眼又是月底，三個月便是一季了，打探毛利率，EPS，透過各種關係確認市場傳言，某公司究竟有或者沒有要併購另一公司，市場傳出某公司要發行可轉換公司債，定價區間，現增還是私募，決策背景究竟為何，哈囉財務長，最近財報看起來滿漂亮的，哈哈，沒有啦，幾個問題要向您請教……

時常講電話，時常我閉著眼睛。某公司營收落底，記者室裡交頭接耳的說話聲音，明天慘了……也有人隔岸觀火，喊著它本來就超漲了，回檔也只是剛好而已。時常我反覆把插在褲子口袋的鋼筆取出又插回去，飛速按押計算機算出單季財務指標，調出資料庫查閱上一季的數字，並啃咬手指，換完手，又拔著下頷的鬍鬚。

總是感覺累。上班便等下班，週一等待週五，每個月就等發餉日。

都是這樣。

盯著大盤風風火火的走勢上沖下洗，原物料報價同通膨一齊膨風，運價指數卻疲軟不振才七月航運股的旺季已經過完。那廂，金價一再破頂又破底，DRAM、Display從雙D產業變成雙低產業，近期還要再加上個LED變成三隻小豬，太陽能焦頭爛額。電話撥過去，嗨財務長又是我，唉呀又來麻煩您真的很不好意思，是這樣的……

三、

每天都經歷價值觀的洗禮。市場充滿餓狼，猛虎，還有腐肉。

兀鷹在冷風中盤旋，彷彿那就是財經媒體的天職。

我們才不管地震颱風海嘯戰爭死了多少人，我們只想挖出半導體廠停產誰能受惠，核電廠危機會否加快替代能源的研發，帶動相關個股的市價飆升；我們只想知道災後重建將帶動多少鋼材水泥焦煤的需求，以及機械廠的轉單效應何時會發酵。我們談論金錢，彷彿這是一個沒有人的世界。災害很快的以數字被表達出來。而所有兀鷹都已就位，準備在屍首與墳塚上高歌。我們都準備好了。

在一些飯局上頭，老牌記者們逼問著該季的獲利數字。我們都有做財測吧。都是法人估計，沒問題的。法人也都說，我們。我們這季看起來如何，我們產能利用率還好嗎。談談我們這季各個主要航線的載貨率、載客率，我們這個月的RPK和FTK和上個月比較起來變化如何？話頭又再回到EPS，會有八元嗎？

你沒問題，我們有問題啊，主管機關會怎麼說，嗳，別這樣。

副總你這樣不夠意思。給我們一個範圍區間囉，要不然我們幾個記者約好了寫一個數字，看起來更像是公司給的，你麻煩更大。究竟多少呢。

吃飯吧，他搖搖筷子，一張臉寫著有些疲於應付。

那頭又回過來說說，不，多聊一些？

他咂了咂嘴，說只是聯絡感情不行嗎？唉我們在外頭跑，也是有些苦處，報了行程，還是得帶點東西回去。

我想他是個誠實的人，好與壞的都說，只是對公司營運近況語氣多帶保留，說這市況，看的都是智慧型手機和平板電腦，但我們也沒搭上甚麼順風車。這人說完笑了，我們也笑，說智慧型手機這五個字，寫稿時都已寫到不願再寫，市場要的就是題材，題材，與題材，與其說智慧型手機，不如寫Apple，也是五個字，英文的。他笑。苦苦的。思索半晌又說，其實我都有點不明白，為何市場對一間公司評價可以這麼兩極，一兩天也可以幾度大轉彎，基本面沒變吧，就是看法變了。

買進的賣出的，要作短，要套利，都需要看法，需要題材。要好要壞隨人說。第三季成長百分之十五，可以喊好，也可以喊壞，一張嘴說，像從左手倒給右手，這餐飯，乾乾的一下吃完，也不覺有甚麼久留的理由。

揮揮手說副總謝謝你，話才說完，濕熱的雨便這樣下來。

四、

每日光看著那數以億計的龐大數字，算後頭的零算到變成直覺，有幾次，同業搭訕著問，你最近有call某公司嗎，我手頭也沒停，邊撇了嘴說，那一個月營收才一千多萬的公司，有甚麼好看的？即使我已變成這樣的人，工作這些年，我仍想要為新聞工作者辯護。

我仍相信，那裡面有些事情是重要的。

不知那是個突然打開的陷阱，抑或是長久以來逐步擴張的恐怖洞穴，身邊幾個友人這麼也前仆後繼地跳了進來。財經產業，一個無底的坑道直直通往地心。營利的媒體還沒找好自己的獲利模式，多麼簡單的一條路，業務配給，廣編特輯，擬好的訪綱竟還要給廣告部審閱，有人陪著社長去做專訪，其實是個二十萬的案子。二十萬，我們說，這麼小的數字。

也有人成天做多，約好的餐敘總是遲到那人，財務經理說，你們記者這行，遲到是常態嗎？另一頭笑說，他還在操盤啦。擦著汗，那人來了，又說，最近真的好難做。是嗎？當然是。嘿，經理最近有沒有甚麼好消息，新聞稿呢？伸出右手，那掌心空空的，沾著鈔票的味道。不香，不臭，換句夏宇的詩，您該怎麼形容鈔票的味道呢，您只能說有些味道聞起來像鈔票。

赤炎的仲夏，內湖科學園區邊上的餐廳，找不到位置就望電話裡喊，仁寶後面、對那棟白色的就是仁寶。整個城市瀰漫著鈔票的氣味。也不需要待上一輩子，能知道市場如斯險惡，大戶接連交易換手，先把成交量炒熱了，股價一動，後續量能跟上來便大舉倒貨，多麼簡單，自然，合乎邏輯。也知道，這些那些操控市場的法門。然而那人大話炎炎，我是用知識賺取財富。怎麼真能這麼說，可這是否衍生出更多關於知識應用的道德問題，是否，當我也處在這個共犯體系當中，「站在贏者的一方」似乎是最簡單的決定。

但我還有沒有別的，不那麼簡單的決定可以做？

當時一齊跳進來的朋友們相繼離開，卻還有些人留著。在發出新聞之前勉強問自己，這有甚麼新聞價值，或許有吧，那麼微小，為了績效而寫，又或者是守護正確資訊之必要，「每晚七點鐘自證券交易所彼端／草一般飄起來的謠言之必要（瘂弦〈如歌的行板〉）」高中時初讀的詩，當時以為是魔幻，現在則知道是寫實。

戳破謊言斷了誰的財路，幾天前的飆股又回檔到原本位置，那是重要的事情嗎？

日子這樣子過。日子這樣在過。

五、

一個一如往常的午後，算著廠商的財務報表，按了幾下計算機，按著。按著。鍵盤突然變得沉重無比，按不下去。我趴在新開幕的咖啡店桌上，再抬起頭來的時候，整間店面光敞，明亮，亮得屋外忽停忽起的薄雨都無從對照，全身上下只有一顆心自己跳著。它跳著。跳著，但不像我的。

一顆心跳著別人的節律。一輛列車的去處是軌道所決定。一盞紅綠燈，止不住打眼前飛過的蚊蠅。

剛走上這條路的時候，一方面想著，其實我隨時都可以回頭，另一方面則想就算不能回頭，前方也有別的岔路可去吧。但走著，走著。風景變了，走在一起的人變了，方向變了但從來不是我所能掌握。「究竟是甚麼東西、在甚麼時候損壞了呢？」青春期的時候我曾這麼詰問，問的也不是別人，而是自己。那時候我還不知道一切其實並無損壞，一切只是用它們自己的方式運轉著，轉著轉著，漸漸停了下來。

並沒有完美的永動機。

現下回頭，還來得及嗎？當然我會這麼問。並沒有遇到期望中的別的岔路的時候，一年就要結束了。已經又這麼走了一年啊，我想，巷弄中的咖啡館，一間以摩卡壺煮咖啡的咖啡館，沒有別人。我儘量讓自己的臉埋在電腦後方，倘若與店員盈盈的笑臉面面相覷我就要哭了。

嘔心瀝血寫的分析稿沒甚麼人要讀，隨便發一發的事務性維護稿件，就被抄得亂七八糟。是我太天真了，很多人真不在意世界到底長成甚麼樣子，或者正在發生甚麼改變。他們只在意有甚麼股票會跑、甚麼利多在露出，財經新聞本來就是為了這個。是嗎？毀壞的究竟是誰，是我嗎，背著電腦筆記本計算機走來走去，有時發問，背地裡羞辱那些欺騙者，而有時，則是當面被人羞辱。

那夜，我寫了半年來的考績自評表，該如何掩藏自己的惴惴不安，又該如何平和地訴說做得比較好的那些部分。整個信義區的大樓都往內塌陷，當它們亮起來，像是星系中央正在發生的，爆炸的超新星。

我時時刻刻都在毀棄我自己。同時，又從自己的廢墟當中重生。

一條路走到這裡，是否有岔路已經不是很重要了。回頭與否，也不重要了。我走著。即使前方不會有甚麼完美的解答，那麼就給自己編上一個謊話，每天早上，跟昨天一樣戴著面具出門。

六、

雨水沖襲平原，時間刷洗著以小時計算截稿的新聞，我卻感覺自己無法積累，沖積平原都在遠遠的山那頭了。每日時間與行程的沖刷傾軋之後，我總是只剩下一點點。人在外地，卻聽聞台北已下起大雨。幾個忙碌的轉身當中，那拂面的風色當中，已經嗅得到雨的味道。雨就要來了。戶外是怎樣的強風呢，雨從陽光裡面下來。地面濕了又乾。悠忽的天氣，光朗與朦朧竟可能是同一件事。

剩下一點點，底下我露出些層泥、砂礫、泥濘。

我裡頭有一個巢穴，巢穴裡倉皇逃亡的蟲蟻。大水來了，牠們交錯著以觸角交換這情報，肯定我都聽見的，但杵在原地怎可能轉身就走開。我就是這座平原，洪氾來，便受，暴雨來，也是。每日經過我只剩下一點點。當夜晚來臨的時候重新梳理塵埃，並從中淘洗出偶然發著螢光的沙——有時我在那裡面發現化石。一切都是個人歷史的陳跡。

於是我生還了，慶幸夜與白天等長，靈魂恢復，並重新在晨光與風色裡唱起歌來，並不需要一年，也差不多就是一個晚上的時間。

第五夜

你寫的時候把腦殼打開，用一支精緻的刷子掃著裡面的灰燼與塵埃。

記不清楚甚麼時候這裡有一場火。一次災厄。季節性的，或在日夜交替的時候毀棄了規律與循環。

你坐著。有時你站著。你寫。那年的二月也有二十九天，輕盈的班機來了載走了沉重的海洋的憂慮，背著自己的臉走來走去，把別人的臉放進信封寄了，蓋一個章寫上不屬於他的名字，寄了都寄了春天到了很快又走。你寫的理由只在這裡。掉進漩渦那樣深深旋轉，深深地沉。

和自己辯論的嗓音有點厚實。可能都有點心虛。你有這麼多要看，要錄記，有一支筆寫幾個字沒水了你往湖裡去蘸水，拉著柳枝往自己臉上抹。沒人認識你的地方你對誰都能十分殘忍。你把邏輯都丟棄了想面對真正的自己，真正的，沒有影子的時候世界像唯一的燈火伴著你不知幾時會熄，你想這樣很好但你還是恨。

恨你有一襲錯的衣服你穿或不穿沒有差別，你不能不穿，理整衣領假假笑了走進人群而開始的問題是甚麼，其實也沒有差別。

觀音在有河的山上

早午餐後臨時起意，你決定往城市北邊走走。也沒決定目的地，跳上了捷運，只是想，至少離城市中心稍遠些，遠一些，讓整個週末靜下來，凡囂，塵世，喧譁與雷霆，你要離它們遠些畢竟靠得近了會引起暈眩。多久沒出城了呢，你想不起來，倘若將那些公務的差旅扣除，你不在台北的時間，其實無多。

台北說小不小，但也不大，足以困住一個人了，讓你成為生活常習的囚徒。

鬱且燠熱的天氣罩著，睡也不安穩，行也不安穩，等著雨，雨它甚麼時候才下來。

週末是這樣。帶著未竟的工作，未完的讀書，款款一包，整路往北的列車，過了北投突然開展的關渡平原，繞行的軌道像一個環，暖暖地抱著，又與正紅色的大橋在平原終止之處接壤。這頭是紅樹林，那頭的八里，兀立的樓房旁邊還有樓房，一幢高過一幢，有時不免想——可能這些彷如有自我意志不斷增生的建築物，才是城市之癌。

車不能再往北了，在淡水你落車你想，那亦只是剛好的、一時的解答。

比捷運終站再遠一點的地方，就是河出海之處了。你一直覺得「河口」這詞兒並不精確，明是海吞落了河，怎麼是河口不是海口？但在河邊站了一會兒，看見那河，溫溫吞吞，風和潮汐，都把水往陸地裡頭送，一時河吞容了海，更上游處不也有個所在名喚汐止，啊，海原來可以深入島嶼這麼深。這樣河口是對的，海口亦是對的，一種地理兩種說法，都對，誰來看，誰來說，都好。

你有陣子沒來淡水，堤岸自然是變了。人又向河取了些陸地，填了，夯實了，你聽說的，那工程摧毀了潮間的濕地，如今又有快速道路要轟轟烈烈從紅樹林上方通過，但你壓根地無能為力，河水打上來，那剛落成不久的，且稱為河岸公園吧，臨水的一側竟拍出了浪花。像隻手，像是索討，其實你也不能肯定，所有這些會否一刻被河，被海，被大地給領了回去，倘是如此，誰也都無能為力。

沿著河岸走了一會兒，你想，這已不太像你記憶中的淡水。即使渡輪依舊，大橋依舊，周身的人群也盡是週末家族出遊的行當，可多出來的，河岸公園的綠意不知為何，泛著一種虛假的光芒。

要把多少個地方變成同個樣子才夠呢？

這你是沒有解答的。堤岸的座標消失了，你原有些慌張，還是尋得了那間二樓的書店，貓依舊，書香依舊，陽台依舊，河面感覺遠了一些。

陽台上有河，有風。你拿出書本，斜坐，枯讀，都很好。幾艘渡輪來回，淺淺地劃開了水面，風帶來清淺的海的鹹味。

此刻還不是你記憶深刻的淡水的黃昏，船也不會開進末日般的夕陽。你希望有雨，但還沒來，還沒有滂沱遮蔽淡江的夕照。再更遠些的地方，還是土地，是台北港的貨櫃碼頭，起重機的左近還有起重機的左近，還有——

還有觀音，在有河的山上。

第六夜

一天將近尾聲你落入一口井。

為何不讓腐爛的腐爛，讓發芽的發芽，讓跑的繼續跑但靜止的繼續靜止，讓心中那幢大樓坍陷，選定別的位址再將它立成行走的碑文。星辰沿著床緣滴落，所有聲音都止息了我就這麼暗了下來。暗了下來不說不問不聽不言語。你關上門，你關上門。讓關上的關上，讓打開的繼續打開，讓發霉的繼續發霉讓明天還是明天。

筆記散落數字散落，記憶的群島散落，你甚麼都再不想寫了你望著雨水，像星辰從雲端滴落像熔岩從腹腔緩靜地流淌著。再次失去感覺你如此感覺著，沒有甚麼是重要的也沒有甚麼是不重要的你窩在井底。

坐在口井裡面是甚麼感覺呢有人問，你想答，想答但張大嘴裡頭有個久遠的傷口開著，空氣從那裡進來從那裡出去，差不多就是這樣了，落葉飄下遮了你的眼睛而有人吐痰，有人走過，泥土構成了疤痕風也是你的歷史，吹吹就散了的你甚麼也想不起來。

不聽，不說，不過問。

只是今天你快樂嗎你其實也想這麼問，一架航空器歪歪斜斜地飛進了大樓，你想你知道它的名字，但不可能是完好的了怎麼能夠，杯裡的水僅是輕微晃了一晃，沒有溢出來自然也沒有變少，人生是這樣人生當然是這樣。

My Mo! Relax Moments

多鬆咖啡（Café Mo!Relax，二〇〇四至二〇一二）要歇業了。一轉眼，八年時間過去，萬物齊漲的租賃街命運，改變了甚麼沒有改變甚麼。

來了又去的客人換了一批又一批，自有其更迭的頻率，店門口餵養的街貓隻隻長大，有的還來，活著，更有些死了。歇業前夕，原貼在咖啡機後頭牆上，勞勃・狄尼洛在《計程車司機》裡兩手插袋的海報已先揭下了，看著那煞白空蕩的牆面，我有些激動，原來原來，真的有些東西是可以這樣撕下，留出大塊空白，以後不知怎麼去填它。

從二〇〇四到二〇一二年，八年的時間可以成就甚麼呢？落腳在多鬆是偶然的插曲，二〇〇四年間溫州街挪威森林整修，咖啡館少年尋得另個立足之處。一日炎夏午后，老闆笑臉盈盈走到桌邊，問，要不要來打工？根，就這麼扎下了。從對咖啡機一無所知到能煮杯還行的咖啡，奶泡細細綿綿，我們溫軟的人生都在這裡，咖啡館人生其實好簡單，有時燈下讀書，寫字，大聲談笑，飲過多的咖啡也不怕失眠，有時則喝酒，失戀時在吧台上安靜地流淚。

地下室的鳥人劇團演過《十日談》，一場現代的啟示錄，也是拍過蔡健雅〈雙棲動物〉MV的地下室，後來幾隻貓住過，更後來的後來，人們少下樓了，養著一屋子空闊黑闃的地下室，變成一座熱鬧咖啡館她也有著黯面的臉。

我想，咖啡館總是默默承接那些失意的人生。多鬆之前開著夜班，也就領受了夜班的作息，午后人原是不太多，做翻譯的，當記者的，學生蹺課的業務偷閒的，靜靜來，靜靜去，直要到入夜，多鬆還是巷子裡唯一店家的時期，昏黃的燈光讓夜行者都有了停駐的理由。養著一窩咖啡因中毒的，酒精成癮的，抽雪茄的，還能唱首〈咖啡與菸〉的和諧小調那時候，失業的自由的作息日夜顛倒晨昏難分的人，啊他們後來都去了哪裡。

只是時間過去，時間過去。

其實咖啡店開門營業與打烊，鐵門拉起鐵門降下，沒有甚麼人真正留下，憂鬱歡好的咖啡館，我知道，人來，人去，我習慣這個。而即使是貓，多鬆開始是那貓名喚小鮪魚的領土，牠離開後出現了母貓帶著幼的，幼的長大變成小的，再是成貓，也有的，不及長大就死去了。憎惡貓群的城市住民，在咖啡館前那貓食碗裡摻雜了毒鼠的餌藥，突然覺知這個世界還是有著惡意。

交會在咖啡館的靈魂也是，原本看著類似的方向逐步演變為分岔的人生，聲響改變，氣味改變，我在吧台裡隨音樂跳起的舞步說著的黃色笑話，也是在多鬆學會收束，出版了《青春期》，有的事情也可以不用再提。

不能夠真正盤算，細數，那在多鬆度過的時間。然而，還是想問一個最重要的問題，誰能告訴我——長大是怎樣一回事？

是一間咖啡館草創期，老闆獨自頂著全班撐起一間店的意志，是那些在多鬆完成了論文的鳥兒們飛離了一時的巢穴，是因為週末夜晚玩得瘋了，在週日早班打盹而後學會了節制。是靈魂先前柔軟的部分逐漸僵硬，牢固，還是，慶幸自己出了吧台還能與門口那桌固定的朋伴們嬉笑打鬧，偶爾的偶爾，也談論嚴肅的口條。

我不能探問清楚，多少個雨夜我開心或難過，獨自撐傘離開多鬆，穿過泰順溫州街回家的短途。而無論從哪個話題開始談起，我所有寫下的字句，都僅能充作這八年時光的補遺。

一間咖啡館要歇業了。

最後那些人，在四散之前，相互詢問接下來去哪裡。

彷彿我們都成熟地了解，開始必然有結束，每個問題都能有個完滿的解答。如何追溯八年的時間，如何用這些時間，確知時間足以改變一個人，一個街區，甚至一整座城市？

人們可能只是坐著，讀一本書，打一場連線遊戲，翻譯一本書，寫完一首詩。

收拾了，離開了，很快地夜幕即將降臨，人們會飲乾最後一瓶酒，在另一間咖啡館相遇。

師大夜市已不再瀰漫食物的香氣，逐步被五彩的衣影遮蔽，那些我不再能夠看透的龍泉街景，就留在咖啡館即將拉下的鐵門後方，留著。把一個街廓，留給一間不再打開的咖啡館，記憶裡包藏著我煮過的千百杯咖啡，成功或失敗都自有韻味，啊，我仰首飲畢在多鬆的最後一杯single espresso，文章寫到這裡，告別的時刻它正在接近。

這是一個逗點，是分號，過了這個段落，還有的事情繼續書寫。

啊只是只是，多鬆咖啡，我必須告別但我將會思念。

即使我會找到下一個落腳的座位，適合我斜倚假寐，適合我伏案書寫，但當一切都沾染了記憶的悲歡憂喜，我不只是告別一間咖啡店，不只是告別妳，不只告別了泰順街六十巷二十號，而更是我記憶中，最瘋狂又最溫暖的時代。記得那橘色的小小牌招，並不張揚，只是安安靜靜亮著，曾為每個進來的人而開。

第七夜

你寫。你不寫你無從活著，活在文字裡邊你有一座城。同時你是潛入的刺客，為了幾冊頁他人窮盡生命寫就，煉金的方術和絕情的藥方。

多數時候你潛入，為了刺殺又想要它繼續耽耽坐在那裡，更多時候你不確知自己想不想繼續深入，只因祕密之後還有祕密之後還有，你守護可你也習慣親手將之毀棄在墨黑色的夜裡。是間諜同時也是權柄，橄欖枝很好玫瑰很好牡丹花下死，也很好，甚麼都不寫你何不就這樣好好生活，先踢倒了淚水的汪洋再推翻卑微的論證，啊生存，生存你說，怎麼能簡單地活。

不寫很簡單但不寫生活變得更難。

在你的文字裡邊你偶然成為了純愛的偷情者，桌子這頭那人說話，也愉樂也寂寞，更兼有一雙明媚的眼神總是意有所指。

你想偷情者總是急於建立一段關係嘗試另一筆新的寫法，多想在極短的時間拿極少的語言進入另一段魔術時刻。只是你忘了當然你都忘了，前此的穩當你是用多少氣力練就某種詭奇的風格，你赤身走到那裡而無刀劍防身，啊偷情者你是來自昨夜的巫覡總偷去別人的新娘，你誘拐你挪用，你借襲只因你從未饜足。

你的住居不必然等於你的生存，在那裡不寫比較簡單但如此活就變得比較艱難。

繼續與自己角力你想，想像能有甚麼一體適用的回答。

你清淺地告解並等待冷酷的拒絕，弔唁的時候它們說它們說真的說你犯的罪是你已擁有太多讓你成為了他人的審判者。但你是王，你也是螻蟻。都貪戀短促的碰觸一刻相識的安息香，你如何寫下心跳，如何重述黃昏如何具現你的疼痛，於是你常將這一切寫下，明白了你從未完成任何作品雖則人生尚在，命運尚在隨時你都是自己的贗品，肯定無人出價也無人搭理。

端午粽香二三事

時近端午的禮拜天，母親一早便進了廚房，清洗粽葉、拌炒蝦米小魚乾，還有甫從宜蘭帶回來的滷肉鴨蛋滷香菇，備起料來。入鍋炒將起來的粽料內餡，很快翻騰出了海味乾貨的鮮味香氣，與週末的晨光齊盈滿了屋室。

很快我便給香菇蝦米的味道給熏醒了，探頭去問，今年外婆沒包粽子啊，有沒有需要幫忙的？母親說，外婆今年八十一啦，說手腳累，就我包了。

又笑說，你啊，幫忙吃就好。揮揮手把我趕出廚房。

華人的節慶，往往和食物脫不了干係。節慶期間，家族人聚首圍坐，自是團聚了吃，喧鬧地吃，巧立名目地吃，野鬼孤魂都看盡人世聚散，吃完了，節也過完，繼續回到塵世的軌道裡，度擲日月年歲。在春節，人們備妥三牲五畜，在中元齊請好兄弟餐食普渡，中秋則是月餅文旦都教人吃到跟嫦娥比拚臉圓，至於端午呢，在吆喝的龍舟划行以外，肯定是要少不了粽子的。

然而粽子，它所處的節氣它包裹的內容，說來卻有些不上不下，甚且尷尬。

端午不像春節，更遑論中秋，一在冬枯時節的末尾，一在蕭涼月份之首，人們總有用不完的充足的飽食藉口，大剌剌進補，理直氣壯地攝取大筆熱量，囤厚了脂肪肥油，涼冷的冬季前後自是酥油豆餡棗泥蓮蓉的季度，更是深冬苦寒長不見尾之時，齊聚了圓桌火爐周邊瞎鬧慶幸又是一年過去，大口吃肉還邊慶讚年年有餘，多麼好的理由，多麼豐美的藉口。

可端午並不。過往人們說，端午未過不收冬衣，說的正是端午前夕氣候尚未穩定，可端午之後呢，除了盛大又更盛大的夏天，卻也沒別的東西了。

怎麼想，都覺得粽子一顆灌滿了糯米油飯，再加上鹹蛋黃，滷肉肥瘦都合適，有的配方填進了花生栗仁，甚而火腿干貝，熱量高得直可與仲夏百花爭妍，更要和纍纍結實的百果拚搏，怎會適合夏天？眼看明是豐收的季節，不僅無須扎實飽滿的米飯粽葉來錦上添花，更別說燠熱的夏季抬眼在前了，粽身米粒沾了滿手，連粽葉丟棄時都沾指黏牙不乾不脆，粽子啊，怎麼吃都難以麻利爽脆，更像是初夏最準確的寓言了，油膏辣醬花生粉蘸得人渾身黏膩，接下來的夏天，一天要洗三次澡。

我常想，若關於端午食粽傳統的由來說法是真，那一顆顆粽子被擲進汨羅江，只為不使詩人的肉身遭魚啃噬，啊，那會是個怎樣的年代。彼時，詩值得被如此奢靡地對待，如此尊寵，卻是詩人鬱鬱寡歡為懷王憂愁地投江了，人們划起龍舟，敲鑼震鼓，年復一年拋擲填滿如溫軟白玉米飯的粽子，喚不回詩的肉身凋零。

正因為浪擲得豪奢，慶讚得鋪張，粽子竟是種無論怎樣看都顯不合時宜的食物。也因初夏的飽食如此突兀，後來的歲月啊，粽子開枝散葉大江南北衍生出各種變異型，讓人們吃著，吃了，更多是忘記了，端午其實也是詩人節。

撇開這些，粽子，卻又是它的靈活，它寬裕得反映著各地方生活的況味，而讓人喜歡，亦不必去想，一顆粽子吃下去得慢跑多少時間，騎多久飛輪償還。說穿了，粽子就是我們心甘情願背上的債，吃幾個南北部粽湖州粽，飯後再以濃厚黑糖漿蘸食鹼粽，果凍般彈牙，讓人死心塌地拿半座夏天修補自己走山的體格。

還住高雄的時候，端午時節還未有那些名店名廚分庭抗禮，節慶近了，母親便前赴五甲市場口，拎上一串棉繩結縛的南部粽。

翻開麻竹葉，水煮透爛的糯米膩膩黏黏，清香的竹葉味道煮進了每粒米飯裡邊，少許是把夏天的燥熱給沖淡了，從小便習慣吃南部粽，有來自市場鋪位的，有母親同事老家寄來，讓辦公室群人分嚐的，餡料變化各自相異，滷肉有肥得恰到好處的，也有瘦得清雋的，有在粽裡豪奢得用上干貝火人的講究。

腿，亦有的清簡純粹，光是糯米洗透，配上花生煮到入口即化，栗仁一兩顆，都正好透露了不同包粽

是以上了台北，我始終不願接受更難以承認，那以油飯把式蒸出的北部粽，稱得上粽。北部粽

相較南部粽來得油亮，因此較膩，倘若天氣熱些，便讓人難有胃口多食，有回朋友說笑了，指是彼時

溫室效應還不嚴重，北部氣候尚稱溫潤，南部粽卻必須考量時地天候，水煮的少油做法，方能提起了

食慾，這倒是台灣先人引進粽食之時，因地制宜的智慧了吧。

南北粽做法不同，自是各有擁護者，可我唯一能吃，甚至能一餐吃下三五個的北部粽，是外婆

親手包就的粽子。每年端午前，若回得宜蘭去，總能見到外婆端出大鑊大蒸籠，煮起水來滿廚房灶間

的蒸汽，且我泰半想，粽子包裹方式也反映了人的個性，外婆的粽子總是包得小巧，袖珍，十粒成

串，橫跨廚房的竹竿一支能懸八九串，攤平了串列擺進蒸籠，水氣熱蒸，竟是宜蘭最深刻的印象。

外婆的粽子，剝開來總有小魚干提鮮，去膩，滷肉無論肥瘦三層均是燉得透了，有些專為我包

的，則省去了鹹蛋黃，再添上些花生。

近幾年，外婆體力大不如前，我們便說，別操煩了，粽子要吃，便去外頭買吧。

是時，畢竟便利商店通路百花齊放，飯店名店粽子有爭用料高貴的，有比創意致勝的，甚麼也

拿來入粽，更別說連鎖咖啡店與烘焙業者力推冰粽雪粽甜點粽，仲夏應景消暑的商機結合了，不知屈原是否地下有知，汨羅江的魚兒們，又何嘗吃過巧克力雪糕粽呢。

這年時近端午的禮拜天，母親一早便進了廚房，清洗粽葉、拌炒蝦米小魚乾，還有甫從宜蘭帶回來的滷肉鴨蛋滷香菇，備起料來。我在房裡原先懶懶賴著，也沒聽到鳥叫蟬鳴，卻是給粽子的餡料鹹香給喚醒，直令人想起，外婆在宜蘭老家忙進忙出，那衣角圍裙都帶起了的月桂竹葉香。

母親其實平時也少進廚房。我踱進爐火之間，說，有沒有要幫忙的？

母親好氣又好笑，說等會兒要蒸粽子，再找你幫忙燒開水，好不？別礙著事。揮揮手把我趕出廚房，又補上一句，說你啊，幫忙吃就好。

我咂著嘴說，當然。

不多時，媽媽搬出滿盆糯米餡料的，就著綁繩粽葉，在餐廳包將起來，轉眼間三十顆粉拳般大的粽子便已掛在那兒。我又探了探問，甚麼時候可以吃？媽媽把粽子分批擺進蒸籠，說，再等等，等等就好。

頃刻，從廚房滿盈而出的蒸汽裹著粽香，與晨光齊盈滿了屋室每個角落。

過去我常嘲笑母親，沒能幾道菜學得外婆的手藝，而事實是母親三十年來的職業婦女生涯，也沒讓她有多少時間煎煮燉熬，泰半時間都只是把蔬菜汆燙過了，拌上肉燥麵醬現成上了桌。可這日，晏起的禮拜天早晨，我盤在沙發上剝開粽葉，確定自己吃到的母親的粽子，真是跟外婆手路菜一模一樣的味道了。

粽子翻騰出各色海味、乾貨的鮮味香氣。

接下來，端午雄黃時，飽食各色粽子的節慶便要到了。

比如說月餅的碎屑

當真是朱門酒肉臭，路有凍死骨。

這行業是這樣，每當中秋節前夕，廠商寄來的月餅滿坑滿谷堆滿編輯台，同事丟了訊息來說，「又多兩盒，」內心第一個反應跳出來是，「幹，別再來了，」央著同事處理掉吧，吃掉送掉都好，可我們不該是心存感激的嗎？甚麼時候我們竟那樣想了。尤其月餅不耐久放，尤其較老牌那些，聲稱自己不加任何防腐劑的，總是保存期限忒短了，記者又少進公司，還聽說有回某同業收到月餅時，一看，保存期限都已過了幾天。於是世上有饑饉，記者丟月餅，罪惡感是飆到滿點了。

上回，和一個老美聊到，他還在美國的時候公司總會認養些貧苦家庭，沒錢過聖誕節的那些，他說，每逢節日前夕，公司同仁便依著名單家家戶戶去送禮，當每個小孩的聖誕老人。有一回，他們到一戶人家是單親媽媽帶三個小孩，節慶到了，家裡連棵像樣的聖誕樹都沒有，聽說了，便買了棵中國生產的塑膠樹，帶著廉價燈泡那款，那媽媽感動得，又哭得！

他說，自己其實不忍看。自己過得那麼好，而有些人家，連棵最簡單的聖誕樹都是奢求。

我說是，其實我們的中秋，也是這樣。

上回我託了NGO的義工們，幫著消化同事肯定吃不完帶不走的禮盒月餅，送到移工團體那兒去，讓大家過個節。這行業是這樣，待久了，也感覺自己染了一身酒肉氣味，看著朋友貼出來，移工們吃著月餅談笑的畫面，我說，這樣很好。突然心裡有些刺刺的，了解了那時，那人，是意識到自己正把些看不上的東西，淨往別人那兒送，內心無法遮掩的那不忍，竟是來自施捨的感覺，而非分享。

啊，我也是。那我避之唯恐不及的月餅，我覺得自己發臭。跑新聞聽多了大話，怎麼就成為了自己原本不想成為的那種人？

於是今年，我回公司不知是早了還是晚了，夯不啷噹十二盒各式禮品，有文旦，有月餅。有糖果餅乾。一張照貼在臉書上，便有些朋友嚷著，我也要，於是匆匆幾通電話，給幾個朋友，問說晚上你會在哪？來吃月餅。朋友們說，好。兩手甸甸提著餅提著禮盒，搭了捷運跑幾個站，親自把餅交到朋友手上並笑稱那是熱量的重新分配，說，看看我的肚子。朋友也笑，收下了。回程路上感覺眼眶熱熱的有點想哭，幾年了，這行業是這樣，它就這麼緩慢地改變了我。

中秋前夕，可否讓我重新成為原本的那個人。我多麼想確知，自己還是那個可以分享的人，還是可以單純地快樂。想要確知，當年那掰開一個餅和朋友分了吃了，再拿指尖蘸了碎屑舔著的男孩，其實並未真的離開。

第八夜

你還是上路了你終於，走在一條時有月光的街道你感覺出發就是唯一的理由。

其實沒有方向，走在楓樹底下走在櫻花底下走在無葉無花無果的菩提底下，感覺路上會有解答，走路的時候你只是一個人，你繞過禿鷹繞過青石在途中參加一場葬禮親手將自己埋葬，你看見別人把你的名字刻在碑文上，你有方向或者你沒有，你上路。

你不可能站在原地同時又有所前進。

想知道空氣如何迴旋，三月的天空還是冷的它的恨有時很深，而九月的天空也是嗎，深得像一襲藍色燈芯絨的睡袍。你總是碰不到空氣的你就將花都摘下，揉碎了花瓣讓它們飛在風裡你知道，葬禮完畢所有的花都會回到土裡。

你走路。腳步虛沉，臉孔青澀，腳印還沒乾就印上另外一個。

有時你走在軟泥裡走在崖邊走在溪澗的裡面，走過的痕跡很快消失你走過。

走過自己。也走過別人的時候你大聲說「嗨」你大聲說。大聲說。說到喉嚨裂開的聲音有人聽見了有人沒有，連月光也把你的皮膚曬出斑駁的光痕。僅僅需要一個季節的時間。你想驚動整座星球你向白雪的林間吶喊，向夏季的湖心吶喊，你有驟雨也有狂風，拉攏衣領你感覺衣領令你安全，這些都是真的，也都真的不是你的解答，不是生動的風景。

有一輛列車你沿著軌道前進。你想軌道也是有分岔的該如何抉擇，卸過了貨的列車繼續前進，浮世的風色，塵俗的蕭涼，你把一些東西留在上一個站，踩過棧道的姿勢你又找到了下一個目的地但你不知道它的名字。

甜蜜和辛辣：重訪商禽詩作的黑暗之心

突然，汽車在過平交道時驚滅了車內的燈，黑暗就將人們的聲音壓成一塊薑糖——甜蜜和辛辣在裡面擁擠。但是，一個乘客大聲告訴他的鄰座：「那是假的！那是假的！……」無人知道他們在討論甚麼，我卻懂得他所以嘶喊的用意：因為我已經看見了他發光的聲音。——〈水葫蘆〉

那日一如往常，我在電子佈告欄上來回閱讀著各個看板，盡如海水滔滔般瞬息更新著的千百條訊息。喧譁淹沒裡，讀到一則新聞，大約是那站台上最充斥著道聽塗說一知半解，卻又都人人想要說點甚麼以顯示自己未曾與世界脫節的看板吧，新聞標題是這麼下的：「悲傷至極的詩人 商禽二十七日病逝」。

若用人們最習於用以形容商禽詩的標籤來看，這真是一條超現實的新聞。之所以超現實，是詩人之大去，彷彿突然將我們慣常供奉於文學廟堂的姓名，一下子拉近來。

拉到最俗世的位置，噢原來詩人並非在遠遠山上看著的人，那已被多數文學論述給典範化、經典化的詩人之詩，他所憑依這透鏡般的純粹肉身，亦隨著時間過去而終將傾頹。商禽逝世，會再次將他的文學地位推至一高不可觸，而人們因此卻更懶於閱讀的「經典的先驗」位置嗎？如此看來，則正好敲響了這個時代讀詩人的警鐘——怎麼可能，光憑著一兩個「主義」形式的標籤與口號，來閱讀一位詩人寫詩數十年，跨越幾個世代的悲傷。或者問，我們如何在詩人大去之後，重訪他的作品，耙梳其間時代、家國，與文壇所虧欠他的，而能稍微知曉詩人的悲傷，究竟所為者何。

能不能，就透過閱讀，重訪商禽詩行裡頭的黑暗之心？

隨時序推演，寫詩人和讀詩人無論願意與否，都已並肩前進至網路世代。這同時也是將大時代自個人生命割裂開來的，微分原子世代。

詩，作為一種總被調侃謔稱為「寫詩的人竟比讀詩人多」的文類，一方面商禽逝世的新聞在論壇上被譏為「早期台灣文壇畢竟還是外省掛的天下」，另一方面，則有未曾讀過詩人作品的言論，大剌剌發問「他誰啊」，皆幽微地反映出當代台灣的匿名群眾，將沉厚蓊鬱的詩之語言，視為某種本土／外省、普羅／菁英的位置對立。因此商禽的外省身分、他奇險的「超現實」語法，甚至他「為了有所記不清而哭泣」（〈哭泣或者遺忘〉），皆能被讀者存而不論，逕行以單一的、平面的、後見之「明」的譏諷所抹消。姑且不論這些譏誚之言，是如何將島國社會長期所習練的泛政治語彙放到最大，我卻要反問，如果悲傷與時代的巨輪輾軋有關，與回不去的故鄉、被拘限的生活有關，悲傷怎麼能，不與政治有關？

而詩人來自與政治緊密關聯的漂流時代，從大陸到島國，從流放到拘囚，從人慾的禁錮到渴望解放的「無辜的手啊，現在，我將你們高舉。」（〈鴿子〉）詩人的悲傷，來自於他清楚明白看見，這一切困境乃源於自身之搭築：

夜鶯初唱的三月，一個巡更人告訴我那宇宙論者的行徑，想起他日間拆籬笆的艱辛，我不禁哭了：「因為你是一個夢遊病患者；你在晚間起來砌牆，卻奇怪為何看不見你自己的世界……」——〈行徑〉

拆牆砌牆之間，詩人聞訊悲哭的眼淚，為的是人們總是孜孜矻矻在自己周圍立起巍峨的高牆，一覺夢醒，卻「奇怪為何看不見你自己的世界」。難道不是因為，我們都太清楚地仰望自己所陷囿的囹圄，我們深切譴責、咒罵自己深陷的泥淖，卻遲未能同樣明白地看見，所謂牢籠，竟是我們在夢遊之間給自己所築上的陷阱。

詩人提點我們，若不能覺察此一根本的困縛，何能空談啟蒙，妄言覺醒？

詩人的悲傷來自於，時代改變從未保證了人心的改變。慾望仍是慾望，侷限仍是侷限，人類社會的流變，乃源於身處困局之中對自由的想望與掙扎，那璀璨如花的一頁頁歷史，正是生而為人的求生意志所譜下的樂章。然而弔詭的是，詩人看見旁人所不見的悲劇，卻是歷史新局逐一翻閱過去，人性的暗面並未因為新的時代、新的書寫體裁、新的文化情境，而獲得解放。

於是，在新的時代，我們是變得更自由，還是更不自由了？

商禽兩百餘首詩中，最為人們所熟知的應該是〈長頸鹿〉一條了。那個年輕的獄卒發覺囚犯們身長的增加都在脖子，疑惑相詢，長官的回答是「他們瞻望歲月」。（〈長頸鹿〉）經過時代歲月的鍛冶，典獄長看出了歲月之高遠沉重，而囚犯們無止的仰望，從未能令他們真正跟上歲月的增長。但年輕的獄卒，若不是自己親身經歷過歲月的捏塑，又怎能充分地明白長官輕如鴻毛的三言兩語，負載的卻是重如泰山的時光之傾軋：

仁慈的青年獄卒，不識歲月的容顏，不知歲月的籍貫，不明歲月的行蹤；乃夜夜往動物園中，到長頸鹿欄下，去逡巡，去守候。——〈長頸鹿〉

識者多以商禽作品中調度的詭奇意象，與他逸走八荒的語法系統，來讀賞他艱難的詩行。然以〈長頸鹿〉一條觀之，我卻以為商禽詩中最引人戰慄的，是他在歷經一切的壓抑、折磨，與漂流之後，竟能用巨大的冷靜自持，去描摹年輕獄卒之不知歲月。我們知道，無論年輕獄卒如何夜夜逡巡守候，卻畢竟不能用與荒漫歲月相較顯得如此輕短的時間，去體驗識得歲月的全貌。這是詩人悲傷心像的具體呈現，也是現代詩深邃的黑暗之心——詩人再怎麼寫，只是逼近現實人生之萬一，唯有當讀者也歷經了時間的磨礪，讀及那樣的詩行，才會從靈魂深處感覺震顫，為之心旌動搖。

無論詩人的心靈如何勇敢堅毅，人們受時間所困，受歲月拖磨，這一負載靈魂的肉身，某天也都要消滅四散。商禽選擇面對此一客觀現實的角度，毋寧是殘酷而悲觀的，因為「死者的臉是無人一見的天空／荒原中的沼澤是部分天空的逃亡」（〈逃亡的天空〉），詩人既已預見一切的終將消失，卻也目得「人們用話語來防禦死／人們用沉默來防禦死」（〈坐姿的鐵床〉），在所有話語群起喧譁之間，在話語又如六月木棉飄散四落之間，在沉默之間，最後留下的除了詩，還有甚麼能與轟隆自我們身體運行而過的死之必然，相互對峙？

除了死亡，還有甚麼籌碼，讓我們能與看似並無出口的人生對弈？

在沒有絲毫的天空下。在沒有外岸的護城河所圍繞著的有鐵絲網所圍繞著的沒有屋頂的圍牆裡面的腳下的一條由這個無監守的被囚禁者所走成的一條路所圍繞的遠遠的中央，這個無監守的被囚禁者推開一扇由他手造的祇有門框的僅僅是的門。——〈門或者天空〉

時間繼續前進，時間永遠不停。來到詩人漸形年邁的自由時代，看似萬物皆可入詩的時代，寫詩人，似乎是真比讀詩人更多些了。年輕一輩的詩人召喚城市高聳入雲的樓廈，歡慶平淡生活中的微小確幸，未經言論與思想審查的一代，不識離散與鄉愁的一代，如今讀來不正是商禽筆下「仁慈的青年獄卒」（〈長頸鹿〉）嗎？商禽亦嘗有言如此，「你為何逃跑；為何去踏馬達？為你的羞愧去裝一扇門是值得的麼？」（〈事件〉）時代的改變，能保證那原無孔隙的一切變相的囚禁，會在牆上開出一扇門嗎？

在表面上看來自由開放的年代，獲得鬆綁的年代，卻反而造就了更多軟甜的糖衣，包覆了這艱難的人生。我們歌唱，我們書寫，彷彿是更自由了，但會不會是被這糖衣所欺瞞妄騙，竟爾遺落了悲傷的本能，而距離人生的真實更加遙遠。

詩人的悲傷，凝塑出他作品中無比堅定強韌的黑暗之心。

他告訴我們黑暗。告訴我們「路燈又準時在午夜停電了，」拘囚的歲月過去，時代從詩人身上行過，彷彿打開了甚麼，「我也才終於將插在我心臟中的鑰匙輕輕的轉動了一下『咔』，隨即把這段靈巧的金屬從心中拔出來順勢一推斷然的走了進去。沒多久我便習慣了其中的黑暗。」（〈電鎖〉）他質疑著流亡的祕密身世，與認同的曖昧不明，「儘管我的步伐依然穩健，卻為何我的身影總是忽明忽滅？」（〈火燄〉）隨即又告訴我們歲月的本質，乃在其永恆，「你不能謀殺一個海浪，因為你不能謀殺一輪月亮，是因為你謀殺不了太陽，是因為你謀殺不了自己的影子是因為……」（〈前夜〉）

是因為，面對偉岸的自然，甚至人類所親手搭建的歷史、社會、道德、與時代，個人的悲傷顯得如此渺小無助。詩人的哭泣與冷靜，輾轉幾度，都是不作數了：

> 摀住雙耳，我逃到寒風中去，但那些過分明顯的憐憫底掌聲，仍然不斷向我襲來，正如經書上記載的人們用以擲擊娼妓和耶穌的那些石塊一樣。——〈傷〉

在越發強調個人「主體性」的時代，現代詩的流行，也驅使更多新詩作者從自我成長的困頓，情緒顛躓的起伏，個人展演的酷異等主題入手，熱烈地加入寫詩的行伍。

固然，抒情於人文精神的復興有其必要，卻是否造成了當代詩學「偏安」於抒情體例的現狀？正因為人生不能、不會，也不應該只有甜蜜，必要是如同商禽所直言，甜蜜和辛辣的綜合體，同時在人世間擁擠著：「生而為人，即便是『性』，也包含著幾許的悲哀。」（〈詩與人〉）那時，車上的乘客向鄰座宣稱：「那是假的！那是假的！……」（〈水葫蘆〉）。沒人知道他們在討論甚麼，未來當然更不會有人知道，也便無從分辨箇中真偽。但商禽向來主張自己所操持「更現實」（more realistic）而非超現實（surrealistic）的詩學核心，在在以他詩作裡瀰漫的殘酷、冷冽、悲傷與低微，證明了現代詩的黑暗之心，正是透過直擊與盯視人生，繼而能夠帶來理解與超越的，終極之鑰。

這是真的。

指路的碑文：側寫《他們在島嶼寫作》紀錄片

他們在島嶼寫作，六部電影——是被稱作紀錄片的，通常叫好，也通常極不叫座的類型——上映了。拍攝的幅員極廣，從城南到北美，島東到海西，六個偉岸的名字籠罩了近六十年來台灣文學的版圖，籠罩「你住的小小的島我正思念／那兒屬於熱帶／屬於青青的國度。」——鄭愁予〈小小的島〉。

以前，總感覺那些名字是被供在祭壇上的，讓人澆酒奠漿。

鏡頭卻把他們拉近來，「我覺得你已經坐在我眼前，對面，明星三樓左後方，靠牆，最後一個位置上。」——周夢蝶，〈化城再來人〉。他們的書冊凌散在架上，鉛字鑄書的時代，或更早些，是誰傳下這詩人的行業？

*

開始寫詩那年，一九九九有著世紀末的氣候，城市有張躁鬱的臉。

沒有人告訴我在那最一開始，太初的荒原是誰走近了伏案的人，提筆在他們額眉之間墨染，寫就了詩人的名字。那時我寫，只是寫了，還以為「永遠是這樣無可奈何地懸浮著，／我的憂鬱是人們所不懂的。」——周夢蝶〈雲〉。也不及帶齊行囊，懷中揣了幾本書便匆忙上路。行走在圖書館冊列的峽谷與溪澗，抽出幾本書，瞎讀。

偶爾和友朋們談笑，有時，則也懷疑文學究竟是怎麼一回事？

這麼寫了幾年，努力讓自己詩藝精進，努力描摹人間百態可知不可知的風景。寫著寫著，路的終止，黑牆堵著哪裡也不能去的人，「我隔著一朵康乃馨尋找定位／看殘餘的日光在海面上／不停搖動，無窮的／訊息和少量焦慮，時間——／假如時間允許」——楊牧〈殘餘的日光〉。抬起臉來，又看見是他們前行者的名字甸甸地壓著天空，壓著路。壓著。

不知是誰傳下這詩人的行業。也不知道，和孤獨同樣不朽的是甚麼。時間過去，那時少年詩人還不知道，前行者們夙昔的典範還在推衍，文學的版圖持續擴張。

*

寫詩頭幾年，桀驁的少年詩人們，已先談起了殺神弒父的可能。搏鬥質疑，咒罵辯證，可能都是少年面對先行者，本能抬起臂膀防衛的姿勢。

展冊讀及那國文課本都會選錄的詞句，「雨落在屏東的甘蔗田裡，／甜甜的甘蔗甜甜的雨，／肥肥的甘蔗肥肥的田，／雨落在屏東肥肥的田裡。」——余光中〈車過枋寮〉。隊伍當中有人首先提出了非難，這我也會寫！可不是嘛，表面上讀來是那樣簡單的排比，也無須深究的造景造境，車過枋寮，劈面撲過來，那海。一朝朗誦起詩來了，眉毛和手勢飛揚得不讓任何灰塵停下，聲若洪鐘，就以為自己把詩都給征服。

但字句鋪排的陣列寬闊像海。海又是一襲包容。

少年詩人戀愛的時候總是寫情詩，失戀了寫得更多，海吞容所有的眼淚，「想你在梳理長髮或是整理濕了的外衣／而我風雨的歸程還正長／山退得很遠，平蕪拓得更大／哎，這世界，怕黑暗已真的成形了……」——鄭愁予〈賦別〉。以為自己愛得夠深夠熾烈，燃燒得夠燙夠奔騰了，歷經那些粉身碎骨的愛情，我要挖掘所有言語，時間，城市，車流與號誌，才能說服自己仰望時他們的氣息並未離開。

可是，「該有一個人倚門等我／等我帶來新書，和修理好的琴／而我只帶來一壺酒／因等我的人早已離去」——鄭愁予〈夢土上〉。我仍感覺迷失，以為只要將我不知道的東西寫下來，我就會懂得了……但不可能。

即使將它們悉數錄記，我還是甚麼都不知道。

那陣子，詩像長得醒不過來的夢。

*

確實像一個夢，「這一個夢，他覺得，就跟真的一樣。他覺得，他像：經受，真的，一場之火浴一樣。他想：真的假的，中間有甚麼不同？」——王文興〈明月夜〉。我乾啞著嗓子嘶喊，驚慌地奔走書寫直到指側都磨出繭來，發現四周都是牆壁，四周我所亂數糊貼的詩裡，缺席的人竟是自己。

無以為繼。墨水乾了，熒白的電腦螢幕閃閃爍爍，嘲笑我枯坐夜晚每個月圓月缺。

語言包藏祕密，魅影來去是城市的道聽塗說與精神病。

又讀幾本書，感覺經典都與我的內在一同毀壞，憂鬱的時候我寫。好一點的時候有力氣哭泣，某天醒來，確知自己內在有些東西不見了。不對了。壞掉了。那時以足跟貼著足跟的，我瀟灑行走街頭的影子去了哪裡，是誰傳下這詩人的行業？

「唯獨她的下落我們一無所知／恐怕忽略在詩的修辭和韻類裏了／在讚美的形式條件完成剎那即回歸／虛無，如美麗的漩渦急流裏流逝」——楊牧〈平達耳作誦〉。我必須重新與這個世界建立關係。在眾聲雜遝中理出記憶的線索，方能從須臾的切片裡脫身，適度地丟棄，方能更多地擁有。「告訴我，甚麼叫遺忘／甚麼叫全然的遺忘／……／當花香埋入叢草，如星殞／鐘乳石沉沉垂下，接住上升的石筍」——楊牧〈給時間〉。

告訴我，甚麼叫做時間，而時間它會帶給我寬慰嗎？

*

於是我亦開始旅行。我自咖啡館與床，與書桌與酒吧的路徑脫離，前去香港，北京，東京，芝加哥，與新加坡。有時還是追著他們的足跡，有時在旅館的木門這邊聽見鬼影的頓踱，「又如一個陌生者的腳步／穿過紅漆的圓門，穿過細雨／在噴水池畔凝住／而凝成一百座虛無的雕像」——楊牧〈給時間〉。大湖在東方安靜地浮動，人群如洄游的鮭魚，溯流在金色街廓，行走，錯身，都是表達。

有時是山，有時是海，更多的是港灣與城市，「高樓對海，長窗向西／黃昏之來多彩而神祕／落日去時，把海峽交給晚霞／晚霞去時，把海峽交給燈塔」——余光中〈高樓對海〉，念及我與任何一個人看的都是同樣的太陽，月落與月昇，旅行也變得日常，彷彿我沒有前往任何地方，我從未真正離開。

噴射渦輪咆哮著，雲層往機身後方奔騰而去。城市變為螢幕上微渺的亮點，平原與海洋是圖上藍綠的差別。

有時是回家的旅程，有時則是深更的班機，劃開星空劃開夜，語言劃開宇宙。「深淵上下一片黑暗，空虛，他貫注超越的／創造力，一種精確的表達方式／乃以語言責要意念／承擔修辭／實現結構體系／光始隔絕無以界定有，微弱而增強／至於永遠。」——楊牧〈蠹蝕〉。

但甚麼又是永遠？我想，可能我們都在這速度當中，失去一些甚麼。

到換日線那頭，班機下降便又是白晝，我看見綠野、平疇，與西北的濱線，一汪汪水塘望天空張開嘴，甜蜜而誠懇地索討著。速度繼續慢了下來，鐵鳥如紙鳶般飄飄忽忽地降落了，煞車與渦輪反轉的聲響，令我突然感覺踏實。

*

後來，我逐漸懂得了愛情的意思。詩的意思。兩個人並肩走過赤柱海濱的棧道，陽光飄搖，下得像雨。笑得像花。

愛與詩，生命與溫度，不只是狹義的擁有與否，無須呼告，而是將一切繾綣編織在內心的角落，「仍然互相眷戀地照著／照著我們的來路、去路／燭啊越燒越短／夜啊越熬越長／最後的一陣黑風吹過／哪一根會先熄呢？／曳著白煙／剩下另一根流著熱淚／獨自去抵抗四周的夜寒」——余光中〈紅燭〉，從此，他們的影子，成為一襲青衣繡花織錦的宇宙，我偶爾穿穿它。

指物命名的詩人們啊，告訴我，是誰傳下了這個行業？

*

一九九九很快過完，十年的時間也是。他們的身影如霧起，如雲湧，一支筆寫寬寫闊的文學版圖，令我戮力追趕，想在這島嶼海洋的濱線上開出一彎新的港埠，作為出航的根據，苦苦走到一片裸岩之岸，才又驚覺，那兒已經有了他們立下的碑文。

「而橋有一天會傾圮／水流悠悠，後者從不理會前者的幽咽……」——周夢蝶〈川端橋夜坐〉，不是這樣的，不是的，還有甚麼比生命，比人們用時間所鑄刻的碑文，還更深不可測？「還有比你更深不可測的／是那淺淺纖細且薄的翼，何均勻／一至於此已接近虛無」——楊牧〈蜻蜓〉，時間看來儘管抽象而疏離，卻從不虛無。

從書中抬起臉來，正是陽光普照初春時節。突然我警醒，發現這些碑文無數，通往潮間帶的憂鬱，通往智慧，通往命運與寂寞，通往時間與死亡，漫天雲霞隨風帶來的，可能是風雨可能是字。

偶爾，再次無以為繼的時候，我在那眾多散立的碑文旁邊坐下，冊頁讀過去，撫摩青石的溫度與鑿刻，且逐字逐句，讀著。那時候我感覺安全，這才慶幸前行者們在島嶼上寫作，都是為我們指路的方向。

所有指路的碑文所寫就，語言指向遙遠的夢土，指向下一首詩的完成。

說不清了，只好信他：讀木心詩集幾冊

你如此飽滿地虛乏在我脖子上
去時是個浪子，歸來像個聖徒
你信了我吧，不信也沒有時候了
——〈那人如是說〉

談木心的詩從不容易，難以定位且不易說明。他寫了，我們只好信他。

他的詩，有時短如匕首，淺若清泉，春花夏日般揮灑，有時則放任意象纍纍牘牘噴湧而出。讀著，以為抓住了他，他詩句卻又一下神龍擺尾，鋒芒而來，席捲而去，彷彿暗示了在你我所以為自己所窮盡的閱讀經驗之外，還有另一種詩的存在。

站在我們已習慣的參考點之外，木心誘惑我們，推翻我們，最後他的詩又袖手放晴了天空，像神蹟般讓我們信他，信他真能夠擺布一整個文明，讓世界精緻得只等毀滅。他鮮少為人所論，偶然掌握了他隨意而成的詩之傾訴，所有評論卻又在他廣袤的文字覆蓋底下，顯得左支右絀，顧此失彼——難怪有人說，木心的文字是空襲式的，炸毀我們慣習的詩之城國，再用善美的黎明告訴我們，點石成金畢竟有其可能。

木心的詩句活起來質樸而從容，慾望起來卻又騷亂如暴雨之海。或許，也正因為他是個本質上極難為人所一言以蔽之的詩人，也是直到木心辭世，他隱形的教徒才紛紛現身，彷彿一整個沉默的密教，從地底翻出來，相互讚嘆，原來你也在……那樣的群眾拜服他，一場遲來的盛典，裡頭有人，比如說你。

比如說，我。

不信他也沒有別的時候了。怎能不？

店主說附近海水河水都已污染
他指指遠處灰白色的建築物
高聳入雲，周身沒有一個窗眼
——〈貝殼放逐法〉

放眼現代中文詩傳統流變，無論將木心放在哪一個時期、任一位置都顯得怪異。

他的筆與文壇的連結是極低極低的，更與文學批評的高潮點無甚關聯，他生來是不為我們所定義的。

他寫起來就拒絕被歸類，一方面不為流派的包袱所限制了，另一方面，也因此讓人難以傳述他。在一個習於用標籤認識陌生事物的時代，他自外於標籤，也等於劃下了讀者親近他之前所必須跨越的藩籬——然而，我們又怎能否認，分類與標籤便利了我們靠近，靠近卻不等於親近，分類的同時也正是設限了我們與詩人的純真與熱情同遊的機會。

木心的詩之所以振聾發聵，在於他的傳統與新穎並存，晦澀與清明同在。在一個詩藝並非成為詩人最必要條件的時代，許多詩被污染了，木心卻像他所書寫那並無窗眼的高塔兀立，你總以為那是無法進入的，樓塔之花園，木心卻在《偽所羅門書》前頭提下，「最後令人羨慕的是他有一條魔毯，坐著飛來飛去——比之箴言和詩篇，那當然是魔毯好。」

要有魔毯，才能進入他的世界，那自成邏輯的小宇宙。

那座宇宙落如流星，落在任何時代都無法掩蓋他的聰慧與對美的堅持，偏偏是在中國，偏偏是文革，那幾乎再多些壓迫就將遮蔽他才華的時代，其後他遷徙北美，持續存在，書寫，並全力綻放，隔海探回亞細亞的藤蔓上有異花攀援，終於驚豔華語文壇。

作為讀者，我總必須張開六識，眼耳鼻舌身意用盡一切氣力感受，方能懂得「他說，只有我一個存在，故屬於我／愛者，被愛者，愛，都是一個／美，鏡子，眼睛也都是一個，就是我」（〈一些波斯詩〉：阿皮爾．卡爾），而後復歸於純粹復歸於靜，「我說，熱鬧過後才安靜。」（〈福迦拉什城堡的夜獵〉）

我喜歡木心的意象繁盛如歐陸多彩的印象派風格，更迷戀他魔毯一般領著我們，翱翔他五十五歲赴美之後才更加盛放的，妖冶的生命之花。尤其靜夜，他如雪的情欲，紛紛如異鄉騷亂的海洋。一個詩人，赤子的詩人，我讀著他年過六十而寫下的情詩，訝異於年輕與熱情如何竟是他詩歌中渾然天成的口吻——「因為第二天／又紛紛飄下／更靜，更大／我的情欲」（〈我紛紛的情欲〉），若非深刻地感受並寫著，那情欲其實也是熱切的創造欲，他如何能夠？

你如花的青春
我似水的柔情
我倆合而為神
生活是一種飛行
四季是愛的襯景
肉體是一部聖經

——〈肉體是一部聖經〉

論者多以木心離開中國的一九八二年，以他移居海外那年作為定調他精神與智識解放的時間點，如此方能稍微解釋他詩裡頭那超越一切國界、邊界，甚至自在通行於天地萬物的想像力之源。

確實，木心的詩極富魅力，時而典麗，時而淡薄，他以半生涵養了中文的世界圖像，再挪借半座歐美大陸的沃土養成了他的花園。是以那樣，他成了一座宇宙。誰都想為他指認那閃耀的靈魂究竟從何而來，誰都想探索，他是如何能夠「在樹木不生的濱海平原上／一座外貌庸瑣的小城／始終被我視為難忘的故鄉」（〈夏疰〉）。誰都想問他，問清楚些，但或許我們都忘記了——木心之所以是宇宙，正因每一座星散的銀河都源於最初始的一場大爆炸。

我願指出的是，木心的詩最令人執迷之處，毋寧是他筆下悃悃款款、而又熾熱到足以將整片雪地融化的，情欲。

因為情欲，所以能無中生有，一場場爆炸，掀開了整座的感官世界，「我伏在你大股上，欲海的肉筏呀／小腿鼓鼓然的彈動是一包愛／腳掌和十趾是十二種挑逗／最使我撫吻不捨的是你的腳」（〈腳〉）戀人，戀物，戀到了極處，能讓四季成為愛的襯景，把肉體寫成聖經。那完整說明了，何以木心的句子可以始終愛得像一個少年，彷彿如大理石一般凝止的美就是他所意欲追求，所試圖囊括的一切——放眼華語文壇，能像他那樣，直至晚年作品仍存有無限的少年明朗之氣者，除木心之外，可謂並無二人。

是愛定義了他的美學。愛著，愛了，有時不知如何是好，那也就是做甚麼都好，也都不好，所以他寫，寫他的窺視，他的跟隨，他的碰觸與欲望。

因為愛著，甚麼都可以了，只要能夠多愛一些。

木心有時喜樂得節制，只是渴慕一種年輕的光輝，眼看「一個耀眼的金髮男孩／從舞蹈學校出來／我與他並步，交談／醇和，慧黠，我不禁說／明天這時候，可以在／校門口等你嗎」（〈預約〉），可有時他又適時貪戀著肉體的交織，有時「我變為野蛾撲火飛蝗掠稻那樣放縱貪婪可是真的／想起你盡想起奶暈臍穴腋絲阜茸手指腳趾／粉桃郁李你屬於郁李的一類別以為我混淆了特性／經得起撫弄的愛之尤物慣受我折騰的良善精靈呀」（〈旗語〉），則洩漏了詩人之所以為詩人，能夠釀成了這樣的句子即證成了，愛是他內在的永動機。

是愛能夠超越，提升，讓木心在離散之中仍保有了生命力與貴族氣息的特質；是他對美的堅持，愛的堅持，欲望的堅持，讓他的詩演化出一場場爆炸，創生了宇宙。所以木心之難以定義，在於在他仍呼息行走的時代，華語世界尚未有另一個人如他那樣，用純粹中文的思維，那樣寫人對美之眷戀：

像有人在地平線上走，早春的霧迷蒙了

所幸的是你畢竟算不得美
美，我就病重，就難痊癒
你這點兒才貌只夠我病十九天
第二十天你就粗糙難看起來
你一生的華彩樂段也就完了

——〈眉目〉

眷戀至成病，好似竟是詩人們共有的病。而病是會痊癒的，眷戀會嗎？

這時又不得不去看木心本人的美，與英俊。他的文字與其說是尋索著人世之美，有時則更如納西瑟斯般，竟是木心要端視鏡中的自己，追求另一個與他一樣俊朗，堅毅，筆挺的人了。明知他對愛是有信仰的，可他偏偏又說，「如果愛一個人／就跟他有講不完的話／如果真是這樣／那麼沒有這樣的一個人」（〈雪橇事件之後〉），如此則不免讓人懷疑，他的所有書寫都是與自己的對話，並從中證成了他的自戀，自惜，自愛。

是以我想，木心的優美，深刻，乃至他令人所迷醉的廣博——表面上看來是對外在世界的好奇，然則事實上是他退了一步讓我們遠了他一哩，而後他穿透了世界往內在觀看，觀望自身，並在自己的內側，重新建立起一個運轉的星系。

並且將我們吸納，包覆。袤然的世界，令我們瞠目於他發言的姿勢，向一個僅存在於他那裡的經驗世界發言，開啟我們的閱讀，跟著他「不覺已走到了平靜的岸邊／那麼玫瑰是一個例外／野地玫瑰幾乎蓬頭垢面／採進屋裡，燈下，鬱麗而神祕」（〈那麼玫瑰是一個例外〉），要我們看清楚「風未能立未能臥／一停下來就不是風」（〈小神殿〉）。

木心是這樣，一面給我們風華，一面給我們素淨，還沒跟上，他已經又到了另一個時空。

當他寫：「你在愛了／我怎會不知／這點點愛／只能逗引我／不能飽飫我／先得將爾乳之／將爾酪／將爾酥／生酥而熟酥／熟酥而至醍醐／我才甘心由你灌頂／如果你止於酪／即使你至酥而止於酥／請回去吧／這裡肅靜無事」（〈醍醐〉）。他明知道我們愛，因為「他認識我們所有的人，因為他愛／冬夜，從海岬到海岬，洶湧以襲城堡／從這些方位視角到那些方位視角」（〈雨後韓波：守護神〉），關於這個世界，關於他的繁盛，我是三言兩語說不清的。

讀木心，好像這世界的話語都讓他說完大半，另外一半則是連他亦無所知的。關於世界，他走在前面，讓我們從此語塞，說不清了，只好信他。

若不信他，是也沒有時候了。

第九夜

日子過去日子過去了困在透明的盒子裡你出發，沿著盒子的十二個邊線走過，有的時候重複走一條路有時候沒有，雙數單數可以或不可以，你給自己些規律，然後再破除它，規律——就是在那十二條路線當中選出一些可能，並且在有限的選擇中走出第十三條路。

度過許多時間你找不出。把手指都用盡了，你數，把耳朵拿下，繼續，啊左耳是十一，右耳是十二。

鼻子是十三。

你聞不到甚麼氣味再讓你神迷，聽一首歌，想一個人，誰的體溫，你以為逃往地底就能躲避時間的追趕，城市如荒漠你無非是其中的一粒砂。你被吹起有時，衰落有時，沒有扇窗為誰擰出適時的雨。你想問些重要的問題但沒有人答怎麼會有人答你。生活像一個盒子，裝著甜的祕密。

在井底你總是碰不到空氣，你把水盛滿給自己些時間讓水滴完，有時很快有時很慢，你張開指縫讓天空漏出去你還是在這裡。還是在，你看見別人相互交換了頭顱，你也想，你問，可以不可以，他們就笑，指著你的臉說你走過第十三條路了嗎。你說沒有，他們又笑，說你還沒有到達就不能問不能說最好連寫都不要寫。你有一種悲傷。有一點恨。

恨說不出來的時候，你寫，把墨水寫完了血液寫完了汗水寫完了眼淚寫完了，最後擠出一點精液也把它寫完了，你總是憎恨柏油路面在午後曬得甚麼都沒了，青蛙的乾屍從你面前跳過像嘲諷著甚麼，那是時間，幾隻黑暗的指針往你指著，指出你空空的裡頭而你不知道那裡有東西沒有。

你想問。但想想，還是不問了，天空是晴爽的藍色。

後來你決定去參加自己最重要的一個典禮，母親幫你換上甚麼衣服，其實你平常不那樣穿的其實你不。

但你也不反對，安安靜靜在那裡，看著眾人前來，走路的時候你只是一個人，日子過去日子都過去了你還是這樣的人，寫或不寫的理由，還記得嗎，比如說一首詩，有或沒有人去讀，最一開始的問題為甚麼提起，寫甚麼怎麼寫，倘若世界只是這樣，繁花盛開，雨水凋謝，又能有甚麼差別。

PINA、PINA

二〇〇九年，碧娜・鮑許辭世。陳玉慧寫，碧娜走了，一個舞蹈時代也結束了；可是二〇一一年，文・溫德斯一部電影《PINA》，突然把那個時代，又都帶回來，是原本我僅能在YouTube上靜看的，那個跳《慕勒咖啡館》時，肚子上彷彿有個窟窿且在舞台上溫婉行走的，孤寂綻放的碧娜，帶回來。

原本我想像舞。舞是甚麼？

只是音樂的延伸嗎，一種情緒，推擠著衝撞著，以至於從肉身都滿出來的東西，我以為那是了，隨著音樂而動，是舞。

最一開始我寫舞的時候我想像。

大約，最早一次寫舞，是高中時代，那時候我以為舞只是動作，寫「一個飛躍如雷霆／擊破全部停止的呼吸／趾尖一只只圓急切旋轉／焦躁叢生」，以為舞只是動，有情而動，但寫不出情。因為不曾問，還不真的愛過了，而愛為甚麼是愛，為甚麼不能不跳。不舞動如果不會死的話我們為甚麼要動，為甚麼，要搔鎖骨的癢處為甚麼，甚至在舞台上尖叫可以不可以，寂寞而冷酷而豔麗的段落裡，最早一次寫，舞，回頭去看，那只是人一具身體，別無其他。

接著看過一些舞。一些。僅是一些而已之後的二〇〇七年，在某篇小說裡我寫，「我的朋友，加納莉亞，是個舞者。沒看過誰像她，霍一下鋪張開來，拋物線飛墮，沉進地面，膝與腳踝的屈折像鳥，手腕是翼。精準俐落。我看她跳過許多舞。我看她跳過許多舞。」可是其實我沒有。那時，我還沒有遇見真正的憂鬱女王，夜之鷹，飛躍之書。

幸而那年，二〇〇七，碧娜鮑許的《熱情馬祖卡》來台，我開始認識。

認識舞是從身體開始。我唯一寫對的只有這句話。

你能對自己多誠實，一定有些事情是語言所無法陳述的，就只能用象徵的，只能去找到一些記憶的片段把它召喚出來。舞蹈就是從這裡切入的。碧娜說。

我感覺羞愧。如果我早些認識她的舞，我就不會那樣寫，可能不會有那篇寫壞的小說。因為，舞不是說。

舞是，不知道怎麼說。愛到極致的時候，窮盡一切詞彙還說不清講不明的思念的時候，掘深所有的井依舊無法得到一點一滴的愛，的那時候，突然覺察到不跳舞就無法表達的時候，所以舞。所以舞不是動。舞是關係。是擁抱與親吻，愛與痛苦，碰觸，與分離，是彼此撐著的肩膀，啊，如果如果我知道怎麼說，就不需要舞了。

知道怎麼說就不用舞，所以（不知道的時候）啊，舞吧，舞吧。不然我們就要迷失了。

我一直到很後來，很後來的很後來，才懂了。

碧娜．鮑許的舞蹈若非關乎於愛，即是關乎於痛苦。而自然，更令我興趣的是，痛的部分。畢竟後來我愛過了，寫了一些情詩，也僅是一些而已的，那批情詩的手稿，層層疊疊落落纍纍，還沒辦法寫盡對某一人長此以來之憾恨、之悲怨，以及他所說的，「你要有一點表示啊，戀愛是兩個人一起努力的事情嘛」的那之後，還來不及努力就結束的那時候，我抱著自己，環抱自己，空氣裡有他，而城市裡沒有，哭泣著蜷縮在台北東區街頭的那時候，啊，那是舞嗎？或者那不是。

思念有一種節律。痛苦也有。

表層上的快樂，潛藏的寂寞，給那些人名字，我走路，隨意想起哪一個。寫詩，咳嗽，跨過斑馬線並蓄意踩進水坑，把整雙鞋泡進別人的臉裡面，放棄和自己辯論的時刻，碧娜的《熱情馬祖卡》

突然說起話來。

她說了一個故事……學校老師潘恩太太我們都喊她魚臉是因為她有一個這樣的臉每天早上來學校就在臉上塗很紅的口紅然後問我們　我　漂　亮　嗎我們就答她　很　漂　亮她說你們要說　妳　今　天　漂　亮　極　了我們就紛紛拿菸頭戳破她偽裝著的殼我們都害怕自己的偽裝被刺穿我們今天害怕極了我們明天害怕極了我們每天都在為這件事情擔心受怕……

我今天漂亮極了我哭出來。我今天有一個這樣的臉我哭出來。我害怕極了。明天我擔心受怕極了我尖叫起來。我哭出來。

只是拿繩索綁著自己去撞生活那灰牆我卻不哭。直到想起他，我哭出來。

碧娜・鮑許。妳會如何形容今晚的，缺的月？我想妳甚至不會回答的，妳會說，讓我看見今晚的月亮。啊妳是我憂鬱的女王。

啊妳是陰鬱的主宰，又是最豔麗的春之花蕊。碧娜・鮑許，妳教我的，也是生活教我的，在最好之前都等最壞的。我認識太晚以致我寫壞了好多。不該去問，怎麼寫，而要問，為甚麼寫。為錯過而寫，為得到而寫，為一切，寫。不寫就不能好好活下去的時候才寫，那也是我跌撞摔跤了許多次許多次的很後來，後來的很後來，才懂。

軌道車離站了，可是我還是在這裡。可是，可是你為甚麼不在這裡呢？癡迷的言語越穿越多，總有一天，我會坐在大理石階梯上哭泣，哭著等一台計程車停下，你的鞋子從車裡伸出來了，然後是你的小腿，然後是你的腰，你的全身。然後……然後妳都知道了然後你們都知道了。所以我不再想，不問，文・溫德斯《PINA》裡頭，那些烏帕塔的舞者，他們有時寂寞，時而癲狂，更多是溫柔地碰觸著，信任著的身體，要說甚麼。我不問這個問題。他們的舞就是答案。

「我想念妳，Pina。」

沒有舞的我們生活，我們就不屬於自己。而若沒有妳，我不會知道，甚麼是舞不會知道不會知道，舞可以是怎樣的。Pina、Pina。那就是生活吧，Pina。

「舞吧，舞吧，否則我們就要迷失了……」——Pina Bausch

第十夜

雨水不是為你而落它當然不是，可是落花終於要回到枝頭，浪濤也在海洋深處暗湧，千百年後或許是的，你出發尋找時間尋找日光，出發就是你唯一的解答。

你是和你自己失散太久的人，在日曆的終端等候自己的葬禮。

而夢還在，夢會在每種季節不同的夜晚，再次地發生。

接下來盛大的夏天

春季總是雨霧瀰漫，你想到日前新聞的嗚啦啦，南方缺水，荒旱，若邁進夏天卻恐怕又有颱風悠悠進來，雨是這樣，不患寡，患不均。乾季之後緊接著的暴雨，讓人兩手一攤，清理有甚麼用？平昔是觀光重鎮的沙灘，又將成為漂流木密佈的墳場。

不過台北，一年不分四時，飄著輕重不一的雨水，那以美國前總統命名的大道，地都未乾，太陽已經出來。變幻莫測天氣裡，路面反射著鑽石般映黃的光輝，魚鱗般光熠熠的，許是太亮了，一輛車匆匆開進了另一輛車，停下的時候整條街安靜了，無聲了，是每當事情壞到程度以後，便引來了平靜。

人們與光同行，城市悠悠運轉，在場雨和雨之間微笑。

擁抱明顯的鋒面與低氣壓，島南島北，你不知怎麼總是兩樣風景。

你想還有甚麼好報導的，南方的苦痛是北方的慣習，遠遠看著傷痕在三、四百里外蔓延，百貨公司依舊開，少年少女穿著入時的衣服，不陰不晴禮拜天午後，踩街購物，逛展物色，卻不盡然與美有關。甚麼都發生了，也好像甚麼也沒有發生，只要你不談論。只要你不聽。不說，不言不語。你可以不去在意水利會的誰誰誰拿了賄款是否間接導致了島南的災厄，只因你看到的是人想讓你看到的，不思索，不行走，一台台螢幕框起了張張垂首低眉的臉。

北方的城幾經建設已不再擔憂洪氾進襲，還記得最近的一次大水，傷痕留在十二年前，留在某地鐵站最底層的牆面，淹水高度：五．四公尺。可快步打電扶梯左側行過，踩過了一次次心跳忙亂裡，誰還去看，誰還在意。

還有太多重要的事情，是你不知道的，當然你可以不微笑，不作聲，不穿花裙不跳排舞，不飲酒不嬉戲，關心一杯咖啡好壞，勝過島東豐年祭是保存還是毀壞。你可以不必有中心思想，也無須談論方向，交換關於兩大智慧手機品牌廠專利大戰的諸般意見，多於十六年前枉死冤死阿兵哥屈打成招一案，可以冷靜，可以冷漠，新聞沒報導的你不知道，報導了的你匆匆翻頁。

還期待誰來將誰拯救，怎樣的災荒報應了誰的業障。

都說經濟極壞極差，北方之城沒有跑馬，但舞是照跳，酒水照斟。多麼乾淨，無為，不作為可能是不知能有甚麼作為。

也無關乎奢華無關乎價值，無關乎道德無關乎清潔。無有創造，無有生成。

每個人都是烏有鄉自己的掌門人，南北島嶼兩個世界，世界卻是一樣的安詳毫不破舊，亦無寒磣，大口飲酒，大把食肉，凍死骨是更北方的傳說，朱門酒肉身處其中聞來必定都是香的。這樣很好，只要活著，蒼白的生活裡繼續看一齣無關痛癢的電影，期待超級英雄將惡勢力鏟滅。雨水續落，接下來是盛大的夏天。

你可以不理會。可以冷漠，大事化小，小事化無，還是追著一個夢，沒有人問夢久了會不會醒。其實夢是說出來會讓人笑話的，但所有人做著同個夢，夢就變成不必醒的那些說詞。

曾經相信的那些正在眼前飛快地溶解，滲進水泥堅實的孔隙中間，淘空了哪座地基，肯定無人聞問。觀點無用，意見低微，追問被封鎖了，零核訴求被說成零和的空想，一場演唱會完了人也散了，世界是一樣的安詳。

你可以憤怒，可以寫，可以說，可以不說。你所生存的時代有一座春天，雲會來，雨會來，讓大城捱成世界地圖上微渺的亮點，你所生存的時代彷彿沒有時間，只有距離，安全距離以外的事件哪怕不斷地生成，世界不必一樣地安詳。

像這樣的天氣，暮春氣溫幾度修正，乍暖還寒裡，春雨落了，又落。生活像一彎長長的隧道讓人遲不見終點的微光。你漸漸地看不見了。走出戶外街景裡，楓香與九重葛，才剛冒出新芽，卻彷彿日昨的凋落讓股市指數下彎再下彎，打幾通電話，明知是一年伊始，枯槁的市況，話頭都還沒開對方已急急關上門，不，已經沒甚麼好說。

你怔了一怔。

已經沒有甚麼好說了的，是你，還是他？

即便天氣轉熱了，市況淡了，眾樹開始冒出新芽，卻還是有甚麼讓你踩過了它會忠實地碎裂開來，像你。你們。一只啞著的喉嚨，仍在發出聲音。過了幾個季節，有時想問自己，生活如果必要選出個片刻而它有聲音，那是甚麼呢？

或許是一襲落葉鋪成的路吧。那是孤星，冷月，十二點。夜的更夜，黑的更黑。只是夜再靜，生活啊，只要有人走過去，就會發出非常細微但確實的碎裂聲。

不過此時三四月，落葉已掃盡，繁華的百花將會一路開到荼蘼。

接下來，更盛大的夏天就要開始了。

輯三 圍城

在泥濘裡推不會前進的車
在無法靠近的牆邊偶遇
文明點亮了我們
但暗巷依然是暗巷
像昨日有沉默的回音
像一道密令它迂迴而憂鬱
我不能愛你了
這個國家令我分心

這是一座吃人的島嶼

鬼正狂歡，而神明業已覆滅。這是一座吃人的島嶼，它當然是。

此刻正值島國的後鎖國時期，都過幾年了，電視報紙上哇啦啦的總統，他臉都老到垮了那曾慢跑的身形已跑出鮪魚肚A字奶還在談前朝遺毒，巴不得全面開放，幾年來，小三通，大三通，雙腿都打開但只讓特定人進來。說是開放，其實是部分開放，像色情DVD封面女優乳頭打的星星，全裸不露點，全見無碼有套，隔靴搔癢都能算是政績了，你深深地不快樂。

二十一世紀過到第十三年，你們二十世紀少年都已長大成人。

二十世紀少年有的上班了，有的待業。有的自食其力開了咖啡館在商業區背後的羊腸小巷，有的再念了第二第三個碩士，有的呢，兼作手工小玩意兒在咖啡館跟創意市集兜賣。更多的，則在商業大樓裡上班上網上Facebook，上得爽快，上得憤怒。

臉書的一張張牆上，每個人都對事情有看法。這間麵店真的很好吃喔再附上一張照片擠眉弄眼的Asian Pose，茫女瞎妹齊來按讚，在熱門景點一定要跳躍，彷彿離地就忘卻這一切令人煩憂的瑣事。啊，經歷最封閉的時代，封印揭破了，但典範也隨之崩毀。百花齊放百家爭鳴，意思就是誰也不服誰。抗議要有禮貌，警察幫建商拆你家，有人抗議，有人叫好。臥軌抗議要先發放傳單道歉，真臥軌了，月台上還有人喊開車，全部壓死。

人人意見相左，但沒有真正的左派，島國唯一共同語言還是黃色笑話，千萬不要Google兩女一杯。

經過這些年你長大了。

可長大，僅意味著你懂得了人生活到這個歲數，其中必然有些時間已被報廢。

意味著，所有寫過的〈我的志願〉都爛成泥才終於坦承自己不過是個笑話。那時你寫，我想當太空人，當總統，當工程師。但現在——太空人？北韓都試射火箭了你還在用龜速3G通訊，總統的歷史定位就是無知無力兼無能，醜著張臉像模範生跺腳抱怨「你們為甚麼不挺我」；而工程師呢，則不過是你高中同學們在科學園區裡賣著新鮮的肝，到職時的學士頭銜掛工程師，碩士學位則官拜資深工程師——因為那些肝，念研究所時顏色就已經深了，是謂資深。

於是你埋頭上班。上班在開放式辦公室裡的OA隔間裡，回email也回Whatsapp，在臉書上罵街兼按讚，加入新的好友也封鎖舊的。這世道，油電雙漲萬物皆漲了就是薪水不漲，反而甚麼都說微，微電影微整形微積分微薄的薪水阻礙了你去阿姆斯特丹，從老闆手中接下新的任務點頭說是是是，那會有加薪機會嗎那句，老闆保證沒聽到。

既然退化性關節炎要吃維骨力，那薪水不漲，就微努力吧。

平民百姓真饑苦，新鬼煩冤舊鬼哭。賴活著，在桌上滴水，很快有黑蟻群聚，啜吸著無糖分無營養的水漬，活著。鬼張揚了黑色的旗幟，在立院高堂裡表決核電廠的追加預算，人心與錢坑，還真不曉得哪個比較像黑洞。

從辦公大樓的窗外望出去，鋪天蓋地的盆地裡無處不是違建的天棚。建商在電視裡哭爸哭母兼哭么，說台北房價還不夠高，要向香港新加坡看齊，可沒人看新加坡引進專業勞動力與投資移民的政策，也沒人看香港的自由經濟不光是解除投資限制，而是提供金流與貸款，讓老有所終，壯有所用，幼有所長。他們偏不，他們就看房價，你算了算，努力整年大概可以買一坪，住遠一點則可能有兩坪，無殼蝸牛你為甚麼不生氣。

這是你們二十世紀少年成長的生活結構，這是一座吃人的島嶼。

它吃掉你吃掉你和身周的聯繫。

你努力被說是草莓，你不願努力也被說草莓。怎麼做都是草莓，還不如去85度C買蛋糕裡有很多草莓。甚至你難以再為甚麼而易感，而哭泣，每天醒來你抓了髮蠟上班，彷彿你習慣了但該是可習慣的事情嗎？你感覺被閹割，勝於感覺被異化。

很久以前你就不看電視了，電視充滿謊言，吃掉你的夢，嚼一嚼，再吐出更多的謊言。但你不能不出門，風吹雨落，開了傘，傘吹開花，路平專案後路還是不平，公車駛過激起水窪裡的泥巴，你罵幹，雞巴，新買的鞋耶。你憤怒，回家上求職網站，看到起跳二十二K的薪資，冷天氣又讓你想吃麻辣鍋，可現在號稱頂級但一點都不的麻辣鍋都已要價五六百，你還是沒去過阿姆斯特丹。

雜遝意見裡，每個人都喊破喉嚨，像在求救。但破喉嚨是不會來救你的。世界是否就如此而已了？太陽升起，太陽落下，月亮升起，月亮落下，帶動了潮汐時間如實運轉，然而在一切都被遺落的人間，你瞠眼目盲，看著整座島嶼的陷落，只能搓著手，甚麼都做不到。

在這樣一座島嶼上，你們活著，希望能得到快樂，一顆熾熱如熔岩的心落入魁偉的冰棚，無法分辨那空洞的疼，是灼傷了還是凍出了黑紫的傷痕。

那天，一個非常平凡普通的上班日，下了班你去看電影。電影裡有段故事是這樣，船難的少年飄泊多日，意外碰到座違背常識水草豐美的浮島。少年飲水，少年吃食，看狐獴群聚終日，卻在夜幕低垂時逃竄往高處窩身，那時少年Pi在樹頂繁花盛放裡挖出一顆牙齒。少年Pi突醒悟這島嶼是會吃人的，划著水，離開了那島，於是他活了。

電影結束，你拿下3D眼鏡，感覺眼睛痠疼，眨了眨，信義區還是信義區，LED燈飾風華變幻，疲累的視線裡，商業大樓群彷彿歪斜地往你身上靠過來，像一顆顆巨碩的牙，把車陣人群都吞沒了。

啊，太平洋的某處，有一座吃人的島嶼。可不是嗎，婆娑之洋，美麗之島。一座島餵養你的先人，島民經濟發達，歌舞昇平，入了夜的島嶼是逆反過來將人四肢百骸盡皆吞噬，而今你知道了，那島嶼的名字其實就叫台灣。你想起自己曾諷刺過抗爭的人群，當你長大你認為抗議的時光畢竟無效都將再次地報廢，但此刻是磚瓦令你擁擠，你才知道自己對此一無所知：後來，最常想起的，往往就是那些還能為自己多做一點甚麼的時光，除此之外，別無其他。

可是來不及了。鬼正狂歡，神明覆滅，這裡有一座吃人的島嶼。

它的名字叫台灣。

（去）你的成長

農曆年前後，正是勞動市場上人力流動最為活絡的一段時期。領了年終的、沒年終可領的，領得滿意的想要更多，不滿意的——鮭魚尚且力爭上游，人呢，豈能不好自為之。但鮭魚再怎麼都還有個出生的上游可去，這世道年頭啊，台灣的勞動者空有一身好武藝，可不一定有好歸宿能覓。

又有認識的法人朋友要跳槽，從賣方券商轉到壽險業的自營買方。

二〇一二年，他在賣方推薦幾檔股票，選標的看得特別好準頭，績效好了，生活品質卻壞了。幾度向公司要求更佳的待遇哪怕只是批次性的獎金，卻被公司以當年度經濟前景展望不佳給三番兩次打了槍。幾經考量，我這法人朋友決定轉去壽險公司的自營買方，無非是上班時間相對正常，相去不多的薪水，卻能多些自己的時間，多些給家人的時間。

下了決心，他與老東家的老闆懇談。不料換來一句，「買方有甚麼好？那邊的氣氛太安逸，你不會成長的。」

朋友轉述這話的時候沒甚麼表情，聽者我呢，保險絲卻氣得險些燒斷。台灣的資方當真是總這樣想。就算繼續待下來，成長又怎麼樣呢，年輕人努力精進職能換得的果實終究是被管理階層與資方給苛扣了，得到應有的回報竟會如斯困難。不僅證券業如此，製造業何嘗不是，科技研發，又何嘗不是？合理分享成長的成果──難道不是勞動者在追求績效升級時的主要考量嗎？

然而，這一切往往就只因一句話就都被拿走了。勞方眼看公司獲利成長、財報成長，績效持續往上，「成長」卻已經成為台灣資方的禁臠。當資方──還是掌握了媒體資源與發言權力的人呢──四處宣稱公司找不到適合的人才、抱怨為何大家都要去當公務員尋求安逸的環境，甚至指責年輕人夢太小，只想離開職場開一家小店「自食其力圓夢」的時候，可有想過，台灣勞動環境如此，不正是這些掌權者一手造成的結果。

世道艱難時要勞工「共體時艱」，市況大好時則宣稱要「未雨綢繆」，簡單一句話：加薪？門都沒有。

平心而論，二〇一二年確實不是經濟環境最好的年份，然而，卻無論如何稱不上是最壞的。這也不是第一樁聽說，公司管理階層以「景氣前瞻不佳」作為藉口，千方百計巧取豪奪勞動者共同創造出的果實。當薪資停滯，當分紅縮水，告訴我，勞動者辛勤追求成長又如何，選擇安逸過活，那又如何。好比我的朋友，從買方到賣方，從努力尋求績優投資標的的分析師，轉而為立志「以後我都要大抄賣方報告」的買方研究員，告訴我，究竟是誰——造就了這種只求安逸安逸就好的就業環境？

「說真的，科技業最大的風險就是『老闆』。當老闆發了很多獎金的時候，就表示公司狀況好得不得了，他都找不到藉口不給你錢了。」有一次，某科技大廠的資深工程師如是說。

我簡直要起身給他掌聲鼓勵鼓勵。

公司高層之所以為公司高層，從來不是因為他們比較聰明，甚至也不光是他們比較努力。試想，世界上聰明又努力的人何其多，台灣勞動力的品質並不輸給矽谷，並不輸給華爾街，然而要追求合理的利潤分配，竟會是這麼困難的一件事情。翻開上市櫃企業每年的盈餘分配表，寥寥數席董監事，他們幾人所能分得的酬勞，往往跟公司動輒上千名員額可供分配的員工紅利等值。

我並不仇富。我只是難以想像，倘若企業經營者與其共謀的高層管理階級，宣稱「高報酬才能激勵公司管理階層更努力優化績效、爭取訂單，創造更多盈利」，而這類說詞，何以不能適用於他們的員工。諷刺的是，也往往就是把這話說得最大聲的人，在掠奪第一線生產、製造業勞動者共同努力的成果時，動作最為積極。

勞動力從不是均質的團塊。在報酬前景並無提升機會的狀況下，一百分的勞動力，能發揮七十分，恐怕都算多了。

台灣企業老是在抱怨找不到好的人才，說實話，根本就是企業主自找的。對能力好的人來說，付出較少的心力換得更佳的生活品質，難道不該是一個「聰明的選擇」嗎？就算不會成長，兩相權衡，說不定像公務員、像買方法人那樣的工作模式還更能保持生活水準。安安，你好，要找一個幫助公司業績逆風高飛、卻安靜不爭取自身權力的「人才」嗎？這些企業主竟已昏愚到看不清——這樣的條件根本就是它自身的悖論。

倘若成長只意味著做到鞠躬盡瘁、死而後已，卻無法得到合理回報，倘若資方的報酬成長不代表勞動者所能共享的榮耀，那就，去你的成長吧。

語氣之外的其他

電視【名詞】
將影像及聲音，藉由電波傳送，再以接收器還原播出的電訊系統。

二〇一一年三月，日本大地震引發海嘯，一段NHK從空中拍下的電視畫面詳實得讓我震驚。我所震驚的，不僅是海水彷彿只是稍微伸出手來，就傾覆了人們建立在大地上看似牢固的一切，輕而易舉地把所有這些都給收了回去。我震驚的是，NHK作為日本的國家電視台，新聞直播的海嘯，如此靜默。

好像一場無聲的災厄降臨。

主播與記者在必要的即時訊息更新之外，不曾多費唇舌描述海嘯所過之處，把一切化為廢墟。嗓音固然有些顫抖，但並不激越，他們的語氣聽來是帶著些擔憂與驚懼，卻絕不煽情。

播報時，NHK的新聞從業人員保住了冷靜與持守的底線，他們傳達必要的訊息，也保留了沉默與停頓，讓畫面說話，以致那海嘯洶湧而至，穿入機場與街市的鏡頭，竟帶有一些蒼莽，一些肅穆。

反觀台灣媒體在引進NHK畫面時，卻如何看圖說故事地夸夸而談，「許多東京人開車遇到地震，驚嚇過度，嚇得奪門而出，車子散落東京街頭各處。爭先恐後逃離東京，甚至有人搶單車，只為了逃離災後像煉獄般的東京街市。」不管轉到哪一台，台灣新聞台的主播與記者似乎都擔心觀眾無法「身歷其境」，而盡其一切努力，動用他們少得可憐的詞彙庫，以及昂揚暴烈的語氣，將語言強加於事實上他們並未到達的現場畫面。

是了，誇張的語氣，繪聲繪影，加油添醋。

這就是台灣媒體的精髓所在。

我甚至不敢想像如果這樣一場災難降臨在台灣這蕞爾島國，我們的媒體會如何熱情奔放地彷彿這不是災難，而是場嘉年華……其實我們都太明白媒體會怎麼說。

「記者正在地震災區的現場我們可以看到到處都是倒塌的樓房和電線杆，天啊各位觀眾你可以看到地震的規模真的是非常地巨大導致馬路都從中間被分成兩半，現場還可以聞到濃濃的瓦斯味這樣下去不知道甚麼時候會引起爆炸，真的是非常的危險……」

「在採訪的路上我們遇到了幾位災民，現在就來聽聽他們的說法……請問你從哪裡逃出來？……經過這麼恐怖的地震你現在會感覺害怕嗎？……今天晚上你還敢在家裡過夜嗎？……」

我們都知道，台灣的記者會怎麼說。

他們說話的方式，好像不使用具有強烈情緒性質的動詞名詞形容詞就不會說話似的。話說回來，即使用了這些動詞，他們動用的文字泰半還是不忍卒睹的，所以他們有了語氣。以及更多的語氣。他們的內心可能都是空洞如斯，因此必須要調度他們的喉嚨與聲帶直到聲嘶力竭的地步。可是這些對著麥克風吶喊的電視新聞記者，究竟又呈現了多少的「真相」？

好比記者所形容的「車輛散落在街道上，駕駛人奪門而出四處奔逃」，事實上，卻是日本人確切落實了要在地震時降低車輛追撞、翻車等意外發生機率，而就地停車熄火疏散的避難策略。

是的，此時我們回到日本。日本的綜藝節目是有名的誇張，搞笑藝人不時拉長尾音的「欸——」不夠，還要加上會逐漸變大的假名字幕。他們總是有許多漫畫一般的表情，來襯托各種情緒，各種狀況，與各種反應。但他們是藝人，表演是工作的重要部分。然而台灣的新聞，老早被詬病的戲劇化危機自也無須再提，可笑的卻是這種「戲劇化」永遠只有卻只有一種樣板：恐懼。

以及更多的恐懼。

且還不夠，他們還要更多。音軌裡滿滿的錄製了記者空洞而激情的口白。像八點檔。像政治人物的呼告。

像一切搬演得過分而讓人生厭的，做壞了的劇場演出。

台灣的電視新聞記者好像永遠也無法認識到，電視之所以被視為最終極的媒體，正是因為它不只傳遞了文字，不只傳遞聲音，同時亦傳遞了影像。可是台灣的新聞裡邊，影像是不會說話的。所有的意義都必須靠著口白來完成。而當記者面對災厄與劇變，卻手足無措，無法即時篩選出哪些訊息與意義是重要的，便只能帶入以毫無內容的過音稿，再加上演技奇爛的眾多語氣，來修飾，來填補。

海嘯的畫面，那平原上蔓延的黑水，漸次吞沒農田，吞沒農舍，翻越河堤之後又再翻越更多的道路。並繼續吞沒更多農田，吞沒更多農舍。NHK的新聞因其靜默，而令人屏息，屏息之餘我們才能確知並體認到人類的渺小。竟而帶來我們對自然的敬畏，與謙卑。

那絕非記者光是拿著麥克風，嘩啦啦尖聲吶喊，或驚恐的語氣所能完成的。

如果，我是說如果——我們的電視新聞水準是連張雅琴換了髮型都可以成為「爆炸頭條（breaking news）」，那麼，可不可以告訴我，拿掉了語氣的台灣電視新聞，還剩下甚麼呢？

能不能，就給我一些語氣之外的其他？

給三一一：核不在門前止步？

二〇一一年三月十一日，禮拜五。在日本東北外海強震，海嘯與一連串的連鎖效應摧毀了福島第一核電廠的維持系統，那是人類史上三大核子災害的起始日。我們都想——核能電廠設計夠強悍夠完善了，我們總有備用電力可維持電廠在強震後必要的運轉，但我們想不到的是，上帝要收回祂的土地只在一瞬之間，同時也說，祂可以收回天火。

人們追求更有效率彷彿無中生有的能源時，向上帝借用了火焰，即便沒有普羅米修斯，我們能自己打造借火的機械，卻沒想到，祂隨時能讓天火在地面燃燒。

都知道環太平洋地震帶是地動最頻繁的火環，但沒料到，芮氏規模九的地震，會這麼發生在近海之處，引發海嘯高達十三公尺直入內陸。人們料到了地震，於是讓核電機組自動暫停運作，但沒料到海嘯會將備用發電機房全數毀滅。

人們尋求「創造」，卻沒料到，「毀滅」也是上帝創造大地的方式之一。

*

二〇一三年三月九日，禮拜日。下午一點三十五分。捷運淡水線車廂滿滿的是人，許多人穿著黑色的上衣，更多人手執各尺寸的黃色標語，旗幟，畫著黑色的核能標幟，寫著NO。車徐行進入台大醫院站，國語，台語，客家語，英語，四種語言念過去，車廂忽地一下清空了，滿車的人下車了，為了同一個想法而來。

因參與反核遊行的人潮太多，台大醫院站罕見地實施了電扶梯管制。人滿為患地令我有些撼動。

遊行上路前夕，還在網路上讀到這樣的說法：「一切都不會改變的，都是政黨算計而已，所以也不用上街了。反正事情根本不會有任何改變的。」我為這般說法氣結，卻也樂見說話之人錯估了我的同胞們與我所深愛的島國，能有這麼多人把一座捷運站塞爆，把手機通訊塞爆。此情此景，不是僅能跨年有？在三月驕陽底下，曬得熱辣辣的，站沒多久，分辨不清沿著臉頰滴落的是汗水還是突如其來感動的眼淚。

感動於，有這麼多人往凱達格蘭大道洶湧而來，只因一個最微小的「相信」：相信有一種團結，可以讓我們超越政黨算計，可以讓我們堅持不放棄自己發聲與站出來的權利，相信我們可以改變，不當安於沉默的大多數。即使一個人的力量如斯微小，還是願意相信，團結可以壓縮政客算計與操弄的空間。相信我們可以從政黨的二元對立當中，取回那即使只是一點點的，身為人民的聲音。

這天，我們不當沉默的人。

即便並不清楚自己是處哪個大隊，即便人潮讓我不辨方向，隊伍還是出發了。非常緩慢。像黃色立牌組成的緩慢的熔岩流，覆蓋了中山南路的八線道，緩，而紛雜，肅穆但歡快地律動著。和友人在人潮隊伍裡頭，被衝散了又聚合，身邊換了一批又一批人。許多人只是靜靜走著，前進並不時和身邊的狗兒與孩童玩耍，拿起選票投進擁核立委的罷免票箱。經過西門町，有人下車了脫隊了，也有新的人加入。一群大學生年紀的少年少女們，不歇止地，用非常有節奏的穩固嗓音喊，我是人、我反核，我是人、我反核。

朋友說，他們喊起來，像是都不會累，年輕真好。年輕是真的好，但年輕怕的事情也很多，害怕，這時才十八、十九歲的年紀，還沒來得及擁有公投的資格，卻要讓有投票權的大人們決定島嶼的未來。幸而，他們總有辦法可以穿破那不給予他們「表態」權利的結構，發出一種聲音。為了自己的未來而走，而站，而呼喊，我是人，我反核。另一個朋友，在我是人、我反核的節律裡，玩笑似地加進一個「妖」字，整個兒的呼喊，變成了我是人（妖）、我反核。我噗哧一下笑了。是人還是妖，是老嫗或頑童，是怎樣的人，都好。那就是三月九日，蜿蜒包圍博愛特區一整隊伍不見首尾的龐雜裡，最清晰的表達了——我們都不一樣，但是，我們看著相同的方向。

因為堅信一件事情是可為的，於是我們站出來了。

*

與俄羅斯的車諾比相隔二十五年，福島核災成為人類二十一世紀文明史上最大的傷口。

結構沒有問題，系統也沒有問題。問題是，我們明知和莊家擲骰子迎來的只有全輸，卻還是同上帝擲了骰子，我們以為，且我們宣稱，一切都是安全的。

疏散範圍從二十公里一路擴大，三十公里，四十公里。撤無可撤的時候，只能上修輻射容許數值，讓疏散範圍不再往人口更密集的區域蔓延。至今，福島周圍有部分地區恐將永遠成禁區。但若發生在台灣呢？緊鄰核一、核二、核四的大台北地區，我們能承擔半座島嶼成為廢棄的荒原嗎？

或許我們可以疏散人群，疏散家禽家畜。且讓我們倉皇帶著貓狗前往安全的所在吧。但是，告訴我，該如何疏散天空，疏散土裡的蟲蟻？

又如何能安置蚯蚓與甲蟲，如何撤離鷹隼與麻雀？

福島核災時滿兩年之後，電廠周圍的農地生出了巨大的蘿蔔，花芯裡生著另一株花芯的玫瑰。蘋果花依舊白得像是新娘的婚紗，在那裡的人卻因輻射的暴露，再也聞不到花粉的氣味。而仍有人試圖粉飾，這和輻射無關。和電廠無關。和核子災害無關。車諾比事件之後，世界衛生組織發布聲明指出，畸形嬰孩的發生率和電廠周邊地理分布的關聯性，沒有統計學上的顯著關聯。

我們能夠粉飾。但我們還能承受下一個車諾比，下一個福島嗎？或者，就在那礁岩嶙峋的東北角，有一座名叫核四的電廠……

因為堅信一件事情是可為的，於是我們站出來了。

我們必須從政黨代議的手中取回自己的喉嚨。

廢核大遊行人群的呼聲和堅定的步伐，充分展現了公民社會的力量，而這無疑是長久以來台灣最令人自豪的一環。

街頭上的所有人，雖明顯缺乏組織與條理的能力，但不慌不亂徐行間，正是這樣臨時組成的烏合之眾，表達了台灣社會旺盛的生命力。從坐娃娃車的到坐輪椅的，從素人到扮裝，從兩隻腳到四隻腳的，有異性戀組成的家庭，也有同性戀的伴侶或小隊。「給我比基尼，不要防護衣」很好，「我要大肉棒，不要燃料棒」也很好，那是最寬闊的包容，最堅韌不能摧折的集合。

這日，你可以是任何人。可以是這估計超過十萬面孔當中的任何一個。

而反核，廢核，非核，減核之間的交會，就是此刻此在人民的最大公約數，以及我們同心嚮往的前行方向。遊行讓我再度燃起對公民力量的確信，也唯有這樣沛然莫之能禦的能量，能夠推動時代的巨輪，將過去的錯誤軋平，當未來到達，令我們能無悔於此刻的決定。

*

或許，反核或擁核的理性理由，不該與核四劃上等號。核四關鍵在人謀不臧，技術官僚與監督單位的顢頇令人無法信任台灣有能力安全地使用核能，並處理衍生出的核廢料。核能是一個選項，但我們該有權利選擇，不動用這選項——因為我們記得，最在意設計與施工細節的日本人都在電廠爐心熔毀時束手無策了，核四當然不等於乾淨能源與永續性的問題，而是我們能否在意外發生時依舊從容地離開。

那是個，我們希望接下來如何活著的問題。

日文裡的「被曝者（hibakusha）」只能相互通婚，連生育對他們而言都已經成為一種罪過。我們知道，那裡的東西都已經被污染了，甚麼時候開始人們會害怕雨水，害怕雪露風霜，害怕土地裡生出發光的毒蕈，然而統計學上可以沒有關聯，核四廠的設計修正可以沒有顯著風險，倘若事情發生，人們卻必須在這樣的土地上，繼續活著。

我們活著。在這我們僅有的世界，人們不必扣下扳機，災難已經接二連三地污染了腳下的土地。

福島核災超過兩年了。台北偶然落著不輕不重的雨水。我想這城市它有一張寧靜的臉，上帝祂笑起來比絲綢還薄，這雨令我快樂，噩夢如海市蜃樓的起落。而如果某天降下黑雨，我們會知道這世界病了，但問題是，我們有沒有勇氣承認，非常可能，我們曾在放手讓核四續建時，做了些錯誤的決定。

擁抱核能，我們活著。走到這一步，又是否思考，我們何不在門口止步？

我們不和上帝擲骰子。

是的，「No Nukes，」那依然會是我的回答。

沉默的東京人

歷史將記取——在社會轉變期間最大的悲劇，其實並非惡人的喧囂，而是好人的沉默。沉默的好人，非常可能成為邪惡的同盟。從東京的旅行返回台北之後，我常想著，東京人那共同的沉默，會不會正是孕育日本保守右翼的溫床。

在東京移動，方感覺到東京是一座沉默的城市。

地鐵網絡交織在地底，人們把玩手機，等車。列車來，列車去，門開，門闔。列車吞吐著無聲運轉的人群像一台巨型的機器，人們上車，多數人埋首在手機小小的屏幕裡邊，也或許有人讀著書，有人閉目養神，僅有極少數人壓低聲音和同行者交換言詞，地鐵運行之中，最大的聲音是車輪擦著軌道，在地底發出巨大的尖哨。

車廂與車站裡，各式標語無處不在。除了要女性乘客提防痴漢，更多的則是提醒乘客，不要做會滋擾別人的事情。於是東京人乘著地鐵，沉默地到達各自的目的地。像列隊的蟻群，手機已成為東京人器官的延伸，電磁波以光速發送一條條訊息，交換著費洛蒙但記得不要打擾別人。

不要去打擾人家。

而沉默與冷漠，往往只在一線之隔，甚或是一體兩面。在公共空間的沉默，會不會也造就了公共領域的冷漠？

初抵達東京那晚，和在東京工作的友人餐敘。酒酣耳熱間，我還抱怨著台灣政治經濟往財團傾斜的鬼事兒，友人卻突然放下筷子和酒杯，說別講台灣了，日本的右翼氣氛更是越來越重，從台灣看或許不這麼覺得，但現在的日本人啊，卻寧可相信政府的天大謊言，也不願好好思索日本現在所面臨的困境。就某種程度來看，台灣還有得吵，有得鬧，日本的集體氛圍卻是只想好好過日子，沉默沉默就好了，閉上眼睛不去面對真正的問題。

他說，二〇一一年的福島核子災害，日本政府和東電一再強調核電廠的狀況都在控制之內，不過眼看著美國撤僑、法國撤僑、英國也撤僑，日本人還是寧可相信政府的說法，相信核電廠周圍三十公里以外的地區都算安全。

他說話帶著些不忿。他說，之前有日本學者帶著輻射偵測器前往災區，揭破日本政府說謊的事實，新聞也露出沒幾則，過兩天就被全面噤聲了。

而當時，東京的輿論界還有種說法，呼籲別再散布會造成恐慌的言論。

那像是在說，先別管事實了，請你們不要去打擾人家。

日子繼續沉默地度過。

自然我想起日本和中國的釣魚台（尖閣諸島）爭端，以及和韓國的竹島（獨島）主權爭議。日本經歷「失落的二十年」，國內已出現怪罪中韓崛起、才造成日本經濟停滯的右派氛圍，然而事實上日本過去二十年來只是面對名目GDP停滯的狀況，實質GDP則在房價有效受到壓抑狀況下，依舊呈現穩健的增長；日子可能並不那麼糟，右派卻能夠掌握日本的輿論，甚至在各大書店排行榜上，也大量湧現以描繪「邪惡中國」為主題的暢銷書。

「沉默的好人」的意思是，即使我們覺得日子還可以，但我們依然樂見有人可以幫我們出一口鳥氣。那個「有人」，自然包括了石原慎太郎，自然包括了，那些說中國壞話的評論家。

我們不去打擾人家。不過，我們也不想知道人家真正的模樣。

在東京華燈初上的夜景裡，JR列車上依舊是一片靜默。

傾右分子悄悄張開了他們的羽翼，沉默的東京人共享有一班又一班靜寂的列車，中國是惡的，韓國是惡的，日本是善的，先有了立場再尋找證據，善良的好人們沉默著，像一窩無害的天竺鼠，在冷天裡群聚了並不說話。

那可能才是日本最危險的問題。

我的朋友仰首飲盡了杯中的酒水，說，我們走吧。

我們走吧。離開東京那天，搭著京成電鐵，往成田機場的回程路上，窗外是冷澈的天空，車一站站停，列車門開，列車門闔，我突然又想起這個問題——台灣人是還能吵吵鬧鬧的，關於核四、關於死刑、關於二代健保與財稅不公，至少各種意見相左的聲音還能戳破縫隙透出來，不過，我們，台灣，要去哪裡？我還在想，我們都還在想，但至少，不要讓自己的沉默成為了共謀。

當車門拉開又闔上，冷空氣吁哨著灌進車廂，比之整車人的安靜，那風聲近似於喧囂。

那時，一家三口日本人，一對夫妻與中學年紀的女孩，拖著行李箱走進車廂，說笑著，打破了車裡原先接近凝止的空氣，竟成為沉默的東京鐵道上難得的風景。那隨意自在的氣氛，多麼不像這一路上遇到的日本人啊。我記得非常清楚，當那位有著不羈亂髮的父親手機震天響起了，座位另一端，有個妝容完整的日本女人，她眉心非常快但非常深地，皺了起來。

你們不要打擾別人。她肯定是這麼想的，但她只是皺眉而已。就像多數的日本人一樣，因為她也不願意打擾別人。

我看了看時間，大約再十分鐘就會抵達成田機場。

距離眾聲喧譁的台北，也就不遠了。

這不是我們的

二〇一三年三月底，華光社區的迫遷巨輪從學生與住戶身上輾過。小山貓嚼碎了水電線路，警察步步進逼，沖散了抗爭的人群。

而我們記得我們都記得的，二〇一二年三月，也差不多就是同一時間，文林苑王家遭台北政府強拆的畫面依舊歷歷在目，國家高舉開發與都市更新的明日大旗，將怪手開往人民今日的居所。而警察則順理成章成為了國家強制執行的推土機，將抗爭者垃圾般自高處排除，將堆疊的肉身沙包般抬走。

然後拆除的工作就開始了。

我們曾那樣以為：這是我們的島嶼，這是我們的城市。

以為，這是我們的國，這是我們的家。以為警察是我們的保母，但是這些都不是我們的。我們以為，自己有居住的自由，有免於恐懼的自由，但是我很抱歉，那些我們曾以為的自由是如此淺薄，如此脆弱。國家，啊，它可以在社區更新再利用案都還說不清是華爾街還是六本木之前，可以在貪婪的建商挾已同意都更住戶的所謂「多數」之時，喚來一輛怪手，一台小山貓，一群警察，就衝散拉緊了手臂的市民。

時隔一年，同樣的三月，台北的天氣陰惻惻地冷著。華光社區強拆那日，台北前一晚下了整夜的雨，停了。

*

站在台北市中正國中的圍牆邊，杭州南路和愛國東路口，陽光很大，路口東南角，矮平房的厝邊，燒燒滾滾開著麵攤。幾輛計程車停在路邊，運將們就著矮凳摺疊桌，用著不知算是午餐還是午茶的餐食。庶民的日常生活非常緩慢，要等到整座城市匆忙的行路人都短暫停止了，車著人的人，才有時間稍微停下。

我隨意舉起手圈起一個相框大小，往那群矮小的眷舍與平房，作勢比對，想像此處彼處，他們想要立起的一棟棟辦公大樓，百貨商場，觀光旅館，或者甚麼。

搖搖頭，又覺得不對，不對。

這裡不是華爾街，不是六本木，在房舍被全數鏟平之前，這社區始終都叫做華光。路的西北側，中正紀念堂白閃閃的圍牆反射著陽光，讓人目盲，讓人不辨方向，一車車遊覽車來了，吐出觀光客，車著人來了，車著人走了。最一開始，華光已是華光的時候，中正紀念堂還不是紀念堂，更早許久的一段時間，還是二戰後的時期，政府設立司法人員宿舍，公務員和城鄉移民在此地搭棚，或買賣，或繼承，可能不足立命，但至少尚能安身。

而甚麼時候事情開始改變，土地開發挾帶的龐大商業利益，政府推動都市更新的巨輪開始往居住於華光社區的近八百戶人家輾去。公部門留下的合法眷戶自然是離開了，非法眷戶與「違建戶」則不一定走得開去。

那八百戶人家，用時間打造了一片社區，知名的麵店，能遷的都往潮州街方向去了，可剩下的數十戶，都是不能走的，或走了就不知能怎麼活的。

一座社區自然生成的道路與巷弄，彷彿腸子裡藏著腸子裡，還藏著腸子，有樹，有鳥，屋內有人打著麻將，哄一下散落的隔離人家，則是已在法務部行文拆遷與返還侵占公有地的不當得利壓力之下，已人去樓空，地面上留下的，更多是已自行拆除了屋瓦磚舍泥房，孤零零的磁磚地板。另一戶，門口就是張床，床邊安著呼吸器，躺了個老人是男是女也看不清楚的，不知怎麼能搬得走，又另一戶，窗格上撐著一面國旗，看來突兀，像這個國家，也正看著他們的突兀。

一座城市如何能夠讓歷史洪流中自然生成的「違建戶」安身，始終是城市能否偉大的關鍵。安置先於迫遷、移居先於重新開發，如此簡明的道理，為甚麼會是當代台北的天方夜譚？

若照著政府的劇本下去，未來這兒會有一座光敞的明日之城。

而不會有人看到這些。

其中一套劇本，說是從華爾街的概念演繹而來，又再加上些元素，借鏡日本，說是六本木。我想他們說的是六本木之丘（Roppongi Hills）。

可台北人邯鄲學步、鸚鵡學舌，說的依然不是人話，就怕最後這座城市把自己搞成了四不像，連原本怎麼走路都忘了。取了六本木的名字，卻絲毫沒學到六本木再開發計畫乃是以「人」為出發點，而不只是個單純的物業開發案——開發商森建設公司（Mori Building Co.）向超過五百名的地主以簽約租賃方式取得地上權、並引進地主作為投資團隊成員，多數的原地主截至目前仍居住在計畫區內，以全新的開發商與地主合作模式，成就了六本木之丘這宗世紀開發案。

這讓「台北六本木」的名目，看起來格外諷刺。

六本木之丘，迎來了居民與開發商的雙贏。台北六本木，則迎來了祝融。

舉凡台北牽涉都市更新、全區開發的案子，發生火災從不是甚麼新聞。分別在二〇〇八年、二〇一〇年，華光社區火災。今年二月五日，祝融再次肆虐華光社區一棟無人木房，住戶苦笑說，咱們這甚麼沒有，放眼就是焦黑的備長炭最多。我往二月的火災現場繞了一圈，跑車造型的錄影帶倒帶機在廢墟之中昂起頭，彷彿蓄勢往哪兒飆去。墊著那跑車的地方，躺著本書，標題是《死亡的真面目》，但願那不是台北不是華光的未來。

台北，你希望自己成為一座怎樣的城市？

你該如何用一隻怪手交換一棵樹苗，如何用一紙命令否證城市歷史的軌跡？如何抹消記憶，交換一個如空中樓閣的夢？

社區周圍，川流不息的車潮在金山南、愛國東、杭州南快速地經過。

華光不是台北的榮光，它只是非常平實，非常樸素地記憶了台北都市發展的血脈。我只願那些對於拆遷閉目不見、未曾稍停的台北人，能暫時停下腳步，看看此時此刻的一切，傾頹的木房與衰落的磚瓦，日治與國民政府的遺產，即將在台北明日之城的幻景裡傾軋消逝了……讓我們看著這些，祈禱未來不再有同樣的事情，在任何一個老社區身上發生。

只是啊只是，當未來確實到達的時候，台北我城還會有老社區嗎？

*

華光拆除那天，我不在現場。我在行政院新聞中心，聽取副院長毛治國和經建會主委管中閔針對「自由經濟示範區」規劃說明的記者會。表訂近十二時召開的會，遲了逾二十分鐘，我有些心慌，開了臉書鋪天蓋地傳來華光社區抗迫移遷的人們，那些四處的消息，說逾百名警力，對峙數十名學生與住戶，正開始將人往外頭拽。

關上手機螢幕，我的心頭一沉。接著記者會就開始了。

這是自由經濟示範區的說明會，管中閔開宗明義便說，「通常經濟自由度越高，經濟發展程度也就越好。」台灣經濟發展進程當中，面對數波自由化浪潮……每次的自由化……都對下一階段的經濟發展……奠定了堅實的……創造出有利的……條件。我翻著簡報資料，邊分心去想，經過昨晚一夜雨水，徹夜守護房宅的學生與華光居民，想必都已累了吧。原先傳聞警察一早要來，想必是又用上了拖字訣，偏要耗到過午，才能好整以暇把群聚的蟻群人群樹群，都抬走。

抬走以後就可以拆除了。

台北的明日之城，即將在那裡建起了。行政院新聞中心的冷氣開得有點強，我打了幾個噴嚏，台上燦白的燈光又白晃晃的，有些刺眼。

管中閔說，在自由開放的經濟情勢當中，為了健全國內產業體質，增加產值，自由經濟示範區有必要建構更便利的經商環境，刺激並鼓勵實質投資。他說，將以「五海一空」六大港區為心，推動智慧運籌、農業加值、國際醫療，與產業合作等四大面向的示範性發展……管中閔清了清喉嚨，接著說，同時，台灣應放寬與示範區內產業有關的專業與商務人士入境限制……

我心一凜，那會是誰的專業，誰的自由，又是，誰的認定？專業的自由人，那麼，不專業的人是否就不配擁有自由。

或許是我想得擰了，我但願是我想擰了。

華光社區那頭，排除現場聲援者的動作仍在持續，警方在屋內仍滿是人的情況下，逕自開始破壞木造隔間的牆面。「國家沒有整體、完善的國土規劃跟居住政策，只是持續與資本家親近，把土地當成商品賣給財團。」國家收緊了撒向弱勢者的魚網，同時宣稱要放寬示範區內的金流，物流，人流，知識流。在強調友善租稅環境的同時，華光許多住戶與關係人的帳戶被凍結，強索「不當得利」。

真是諷刺極了。

那時，警方開始侵入拆除對象的屋內，逐一抬出屋內守護的人。

詢答時間，有記者提問了，示範區內的加工製造業，若開放陸資申設廠區，會不會傷害到台灣本土產業的發展機會？發展國際醫療，會不會排擠國人的就醫權利，或甚至對本土醫療人才產生磁吸效應，導致國內已經不足的基礎醫療人力往高單價的健檢、醫美市場進一步傾斜？官員們閃躲著，再次照本宣科把資料念過一次。那不是回答。壓根就沒有實際的回答。這是我們的國家。

像是國家最擅長的說法，返還不當得利，一切依法行政。

差不多就在記者會結束的同一時間，聽說，所有在華光社區聲援的學生都被抬走了。

記者會上，主委管中閔奢談甚麼的堂皇大話，其實我還在想著華光，想著那些在自由、開放、發展底下被犧牲掉的「東西」。自由經濟示範區聽起來一點都不自由。或許它是。但那又怎樣？華光迫遷拆除案，折射出的問題從不只是居住權、不只是都市發展，甚至也不只是產業升級，經濟發展與社區保存的兩難而已。而是，我們願意為了「發展」，變成怎樣的人，那樣的問題。

這問題不解答，我們就無法獲得真正的自由。

告訴我，台北啊，你希望自己成為一座怎樣的城市？

*

都以為我們是自由的，以為我們擁有島嶼，擁有家園。可這一切的自由是如此淺薄，脆弱，啊其實我們都不自由。公權力與金錢力的結合，甚麼樣的設計圖也都能推動，只因甚麼樣的拆遷都不妨強制執行，偉哉人權立國，夸夸其言！

可為何城市不是你的，為何國家不是我們的，只因在他們眼裡，很抱歉，非常有可能，我們並不是人。

而不是人的我們，活著，活在我們的島嶼。可是這一切卻都不是我們的。

倘若台北的美化與發展必須以這麼粗暴的手段來完成，就讓他們蠻幹吧，只是如此，台北只會被建設為一座傷心之城。如此，我將無法以它為傲。我將無法喜愛這樣的明天，無法在未來說服自己，這座城市值得我為之歌頌。而那些，對抗爭者袖手的旁觀的人啊，這毋寧是一個我們所共有，中產階級的幻景。都以為自己活在安全的處所，不過當時間過去你也將有一天老去，當你變得醜陋，當你只想要維繫自己長此以來的住居，他們會說，不，他們會說，為了更遠大的明天為了讓你我所居城市更好，更美，更漂亮，你必須犧牲。

而你想為何沒有人挺身而出與你一齊捍衛？只因當時，你還光鮮豔麗的時候，也束手放任政府推倒那一堵堵矮黑的灰牆。時間過去，這一切運轉的方式何嘗會有所改變，倘若沒有人站出來，制止那步步進逼的蟻群。

當他們要奪取的時候，倘若沒有人站出來阻止，這些自由，公理，正義，就永遠不會是我們的。

不會是我們的。永遠不會。

死刑之隨想

世界總是反覆做著相同的事
有些人的頭顱掀開
被其他人放入另一部經文
即將遠行的父親，帶著鬍髭親吻女兒
在清晨在夜晚他將步槍上膛

——〈紐約紐約〉．《偽博物誌》

台灣善於殺戮。二〇一三年四月十九日，星期五，法務部長曾勇夫批示執行六件死刑案。在這之前的幾年間，二〇一〇年執行四件死刑，二〇一一年五件，二〇一二年六件，三年多的時間，國家共執行了二十一件死刑案槍決。

這是怎樣的國家呢？

這是一個聲稱處決死刑犯是「民意所趨」，卻對停建核四之聲置若罔聞的國家。

這是個集結數千群眾聚集反對東海岸飯店先建再環評、隔日新聞卻毫無報導的國家。這是連桃園、林口房價都已出現五字頭，卻還有太多人不吃不喝一整年只能買一坪的國家。這是個在野黨為了阻擋核四公投案逕行表決、杯葛議事，可以被報紙扭曲為前總統陰魂不散的國家。

是這樣的國家。這是我們的國家。

四月的台北，春雨仍陰惻惻地落著，像在嘲笑著甚麼。每個人生存的努力，嚮往更好生活的努力。胡亂瀏覽著些關於死刑的文章，在網路上讀到一段話，理直氣壯地這麼說：「你們都太囉嗦了，理論一大堆，我給你們這些廢死支持者一個簡單的回應：林北我就是喜歡看到殺人犯被槍斃！這樣知道了沒！」啊，這麼簡單的義憤，殺人償命，以血還血，看得旁的人也覺得公義獲得伸張，像是好萊塢電影，變形金剛也好、G.I. Joe也罷，正義的一方終將得到最後的勝利。

這讓我想到奧薩馬．賓拉登。二〇一一年五月被擊斃在美軍海豹隊槍下的賓拉登。當時，整個世界流傳這消息，為了顆曾落下的大蘋果再次升起了，為了一個人的死亡慶賀他騶髭不再生長，但我總覺得，其中有甚麼事情給錯擰了。

有甚麼樣的理由，可以對一個人執行私刑呢？那甚至連經過審判、站在法律基礎之上的「死刑」都不是。

或許，有人說那是戰爭。可戰爭其實已經結束；又或者，其實那甚至不該是被發起的一場戰爭，國對國的，單方面所執行的死刑。比較像是那樣。正義，或甚麼，其實都只是編造出來的藉口用以輕視他者的生命，我無意指稱二〇〇一年紐約世貿中心Ground Zero的死者不該被弔念，然而以生命之終結、以殺戮形式進行的憑弔，無疑是遠遠與正義相悖的。

任何殺戮行為其實並非將一切還原，而是把脈絡與情境都斬斷了，讓根柢的最脆弱的人的情緒都暴露出來——牙還牙，眼還眼，如此直觀，照得任何正義凜然的說詞都不再穩固。賓拉登被擊斃了，而誰得到了安慰？未經論辯的正義是禁不起考驗的。

回到死刑。

薩達姆．海珊。伊拉克史上最被西方媒體形容得惡名昭彰的獨裁者，在第二次美伊戰爭之後，讓美國所扶植的新政權以「違反人道」之名判處絞刑，並在二〇〇六年底執行完畢。諷刺的是，死刑之是否違反人道固然尚有討論空間，以一項具有「違反人道之虞」爭議的刑罰，對「違反人道者」處刑，其間不能不說沒有任何曖昧的光影。

而隨著海珊死去，在他生命被抹去的那一刻起，伊拉克是否就因此而康復了？又或者，當被塑造出來的邪惡魔王打倒，反而顯露出來的是美國對於伊拉克石油能源所覬覦、所垂涎、所貪饜的一場，國家對國家的私刑。一切並沒有如眾人所盼望的平息下來。而是，當生命被另一種權力剝奪之時，它生前所留下來的遺產，才正好要在另一種崇高的名目底下再次搬演起來，才正要在另一次聖戰的鼓聲中被揭露開來。

指認死刑甚至（導致與死刑同等結果的）私刑的不人道，並非意味著我們容忍「所謂的壞人」之所做所為，更非意味著我們要施予無條件的原諒、放任傷口痊癒或者糜爛。而是代表，我們必須嘗試放棄藉由最便利的方式，來要求長在自己身上的傷口能夠無端消失。

那根本不可能。

我們從不可能因一個「惡人」死去，就變得更善良、更安全了。

死刑審判、或者未經審判的私刑，其實檢視的是我們自身的品質，倫理，與道德。

身而為人，我完全同意許多死刑犯的犯行在情緒上多麼容易引起本能的憤怒，然而正因「死亡」本身的重量已足以讓人為之震撼，這樣的重量並不因為是人殺人，或者國家殺人而有所不同。為偷竊而將可能的證人殺死，跟國家為在百業凋敝之時為彰顯其威信、在核四公投案付立院表決時為模糊社會焦點，而將罪犯殺死，哪一種會令你感覺比較嚴重呢？

我想，每個人心中都有自己的答案。

犯罪行為令人痛恨，然而國家制度的實行與執行過程之瑕疵，毋寧更令我在意。

對於死刑我所要說的是，罪犯受罰，自是應該，然而另一端則因為摻入了「國家機器」龐大的權力，而讓人不得不對之保持警覺。國家的瑕疵再小，因為其在社會裡邊無所不在的權力覆蓋，都可能造成更大的危害。冤獄如是，逕行執行死刑如是，警察進入台大校園如是，為科學園區開發徵收農地如是。即便是依法行政，行政過程當中的微小瑕疵，都創造出那些讓人不能放心的——這個國家「法治」的粗糙、「執行」的粗糙。

在張揚義憤審判他人之前，或許更應該收起自己的利齒爪牙，只因我們不能肯定還長著利齒的、這樣的我們（或容許國家擁有如此爪牙的我們），在適當的時刻會否也成為曾經指認的「惡人」：放棄那極簡單的、復仇的欲望，唯有那樣才確保了我們所相信的諸般尊嚴、人道、生命與美善等等價值，能夠完整地與「惡人」分開來住在不同的房間，能夠在面對歷史的時候宣稱，「我們不與他們做一樣的事情」。

柴契爾夫人之後

Margaret Thatcher（一九二五至二〇一三）逝世了。她的封號當中以「The Iron Lady」最為人所知，作為英國迄今唯一的女性首相、在位期間更是二十世紀最長，因此非常自然地，她的逝世確實象徵著一個崛起世代的結束。然而，即使柴契爾夫人的肉身消逝，在她任英國首相期間，為全球市場所留下的遺產——新自由主義的遺緒——則未曾稍止，甚至成為在她任期以後的一整世代，所必須承受的難題。

作為美國總統 Ronald Reagan（一九一一至二〇〇四）在政治上與理念上的盟友，柴契爾夫人對於新自由主義（neoliberalism）的信仰，在各個層面非常巨大地影響了當代政治經濟社會的面貌。

新自由主義講究降低政府管制，反對最低工資，力求公有事業民營化以提升競爭力，同時倡議壓制工會力量以發揮資本自由化的力量，強調經濟活動應遠離國家控制或保護；在國際層面上，新自由主義則要求各國開放關貿壁壘，實踐市場分工。在柴契爾夫人任內，英國順利地經歷產業轉型，從工業強國晉身為金融服務業的火車頭——即使這是以犧牲與壓制開發中國家的勞動力福祉而來，同時也使英國經歷了史上最高失業率的一段時期——英國在她的帶領之下成為貿易全球化的領頭羊，全球市場更加開放，追求廉價的勞工、原料、市場，在國際人流、金流、物流等方面實現了各國的勞動分工。

諷刺的是，柴契爾夫人雖然主張在資本活動當中應極力降低政府干預，然而在處理英國一九八四至一九八五年礦工大罷工時，卻動用國家力量壓制工會活動、用武力粉碎社會主義活動，立法削弱工會力量，並解除對金融市場的監管；由於柴契爾主義立法為文，此舉間接地使得英國工黨吸納了更多資本主義的血液與靈魂，英國工會力量再也沒有回復到七〇年代柴契爾上台之前的能耐，迎來了當代社會不可避免之惡：無限制的市場力量與

加速流動的投機資本，業已演變為財富的不平等，也因此加深了勞動者與資本家之間的權力矛盾。

而這些，不僅是發生在英國，而是經由柴契爾夫人與雷根對全球市場的影響力，進而讓新自由主義蔓延到全球市場的多數角落。

新自由主義鼓勵市場資本追逐利潤，它的變形與演化十分快速，全球市場的分工很快演變成游資與熱錢競逐的賽場，政府政策被財團資本所左右，IMF、World Bank是伸進開發中國家的第一隻手，WTO則是第二隻手，各國打破貿易壁壘的同時，也摧毀了仍在發展當中不同階段的各色產業。

快速開放僅是經濟轉型的陣痛、抑或是已開發國家餵食的糖衣毒藥？

自布萊頓森林會議以降，新自由主義早已藉由IMF、World Bank、WTO與EU等大型的國際組織往開發中市場延伸，最終迎來的，卻是跨國公司的利益，並確保了已開發國家的支配地位。在一連串的新自由主義潮流沖洗之下，國際政治經濟三十年來已開始浮現癌症一般的毒瘤：總經層面，二〇〇八年金融海嘯是資本為追逐超額利潤所開發的玩具反噬之果，它殷鑑不遠，二〇一一年的歐債危機則象徵著國家資本私有化、超額借貸所引爆的炸彈。個體層面，青年失業、薪資的零成長、區域市場內貧富差距不斷拉大，更證實了在新自由主義的大傘底下，政府允許資本的投機行為，卻沒有完整的懲罰或監管機制，會造成如何巨大的危害。

即便新自由主義並非柴契爾夫人獨有，然而經濟的絕對自由化，卻是在她手中方得到了最終的勝利。

柴契爾夫人逝世了，她毀譽參半的一生充滿傳奇色彩——也因此她的死亡標誌著一個世代的結束。不過，當鐵娘子遠去，一個她所直接、所間接開啟的時代，依然沛然莫之能禦地在我們身上滾動著，服膺新自由主義運作的資本市場虛擬化來到前所未有的高度，金融市場的投機程度亦大大加深，我們都在承受著掠奪，那個因柴契爾主義所開啟的大門，衝出來的是黃金馬車、抑或地獄的三頭犬？

我不知道。

我唯一知道的是，柴契爾夫人死去，接下來就是我們這個世代的事情了。新自由主義的盲流依舊流竄，我們所願意的是關上那扇門，讓市場接受合理的監管，還是加入那道洪流成為掠奪者的一員？

我們將用接下來的全部時間，去回答這個問題。

台南的夠了經濟學

說台南是全台灣最好吃的城市，大概不會有人反對。光講一頓早餐，要吃鹹粥還是牛肉湯，就夠讓人丟個半天銅板，更別說鹹粥店鋪名堂多，阿堂、阿憨、悅津各有擁護者，牛肉湯更是台南府城一絕，叫得出名字的，就有阿裕、開元、旗哥、府城、六千、長榮、文章……更遑論那些或許並無店招，用膳時間依舊高朋滿座滿是當地老饕食客的店面。

就因美食種類繁多，都說，每個台南人，心裡都有自己一張美食地圖。若將這地圖重疊在一起，或有些店，會交疊多些，但事實上更因台南食肆種類多不勝數，恐怕畫起來仍是十分離散的。

是以，我每次下台南，總是央著不同朋友領我一路吃去。肉圓，蔥肉餅，肉包，浮水虱目魚羹，蝦仁飯，鴨蛋湯，焦糖杏仁豆腐，蚵仔煎，蚵仔酥，蝦卷，蚵卷，意麵，冬瓜茶，米糕，四神湯……吃啊吃的，便覺台南是一座萬惡城市，罪名是意圖使人發胖。

可即使窮盡了我的台南朋友，每次造訪，在府城寥寥數日，卻也永遠不能夠有一份完美的台南吃食行程表，能吃遍每一家每一戶每一攤小吃。

倒不因為食量有限，畢竟在台南三天吃三十餐是偶一為之的放縱，胃納量再小也都已經可以，卻是緣於那些食肆呢，也不知道是太過隨性愜意，還是崇尚生活品質比賺錢更重要，多的是明明八點半到了鹹粥店家門口，卻招來店主人兩手一攤，賣完了，明日請早。也有的店家，像府前路的蔥肉餅，每天就開午後四個小時，週六還休息。有一回，和幾個朋友去到一家賣西式鹹派（quiche）的小餐館，門上大剌剌便寫，營業時間早上十點到午後五點，最後點餐時間呢，是午後四點，嚇，營業時間比多數辦公族的上班時間，還短。

嘩的我問，這生意怎麼做？

在地朋友愣了一下，回說，也沒怎麼做吧，賺得夠了，見好就收，很多老店還不是這樣數十年如一日地開了。

我還沒想「見好就收」這詞兒是這樣用的嗎，已先給他話頭裡的夠了兩字吸引。賺得夠了。夠。了。說得鏗鏘，說得理直，說得氣壯，好比牛肉湯，因為真材實料，所以每日限量，不能多，不能為多搶幾個客人，壞了鍋湯更砸了自己的場子，像極了那些老店應有的格局，堅持守候原地隨時等候老客人回來品嚐，早晨五點開賣，賣完即止，雖則不到八點半，還是收了，同客人歉意滿臉說，明天請早吧。

更有可能是，每日備足了生活的分量，數十年的分量正如一日，就已經很好。

我想那可能正是台南的「夠了」經濟學。

當代消費社會不斷演繹，電子產品排山倒海推陳出新，過沒兩季竟又有了新手機更炫更酷更多功能，廠商告訴你資本主義告訴你，活著就是為了賺錢，而他們沒說的是賺錢就是為了花錢，卻都讓我們忘了，究竟多少才算得夠？

因為不夠，或者說失去了對「足夠」的感覺能力，我們追求最新的電子產品，最新款式的衣裳，最時髦的生活雜什。卻遠遠覺得不快樂。深深地不快樂。甚至，資本市場的成長不僅根植於人類感官的不滿足，更是建立於鼓吹浪費的一體兩面。持續生產，持續鼓吹消費，所謂的電腦與手機換機潮，創造大量泰半還堪用的電子廢物，玉米進了牛的肚子，玉米成為PLA，大量食物端上桌，大量的廚餘被創造出來。

鼓吹旅行。高碳排的機隊，我們汰舊換新。海運運能供過於求，拆解老船。開一場法人說明會用掉大量紙張。電子商務即便無紙化了，就某層面上看來卻充其量只是「必要之惡」的贖罪券罷了。

我們遠遠地不夠。遠遠不夠。

或有人言，台南地租平宜，是以不需要靠無止盡的翻桌率來支撐店面營運，不能與台北相提並論。但追根究柢，台北地租高貴，消費的三成都進了包租公包租婆的口袋，又何嘗不是眾人競逐資本利得的結果？需求永遠是被創造出來的，但呼應「適度的需求」則永遠不是資本市場所希冀看見的。

資本主義體系裡頭，有所謂「合宜的消費行為」嗎？

如果我們停止浪費。或僅是，僅是能夠合宜地檢視自己的消費習慣，並且重新思考我們需不需要「不斷成長」、並將尋找「下一個戰場」的腳步放慢下來，資本主義體系有機會進入那個未知的下個階段嗎？會不會，台南的夠了經濟學，會是那個解答：每天備足量的牛肉，熬足量的虱目魚粥，不多殺，不多備，三鼎二鑊，滾出的香氣都已經足夠餵飽來人，而店主人呢，賺取了足量的金錢，忙完了，接下來的才是生活。

是了，生活。消費往往讓我們忘卻了生活的本質，以為消費與浪費令我們快樂，卻不是的。快樂在於看清楚自己擁有的，以及所能給予的，在那些瞬間，我們感覺，「已經夠了」，然後我們快樂了。

唯一不夠的，可能就是台南的美味小吃了吧。

有一回，前赴台南女中演講的兩天一夜之行，抵達頭一天，便情不自禁吃了蝦仁飯、綠豆薏仁湯、乾意麵、餛飩湯、米糕、四神湯、豬心冬粉。隔天醒來，則持續奔往鹹粥、鹹派、茶葉蛋、冬瓜茶、蚵捲、蝦捲、蚵仔煎、蚵仔酥、蝦仁肉圓、魚丸湯、青草茶、桂圓冰棒，再以外帶兩粒萬川號肉包做為戰備存糧準備回台北……

另一件永遠不夠的事情，則可能是從台南北返後的健身行程。

看著發胖的身形，邊哀嘆，邊懺悔，但我內心又有個聲音悄悄響起：「一個晚上果然不夠啊，下次要在台南待兩晚才行……」

樓宇高貴漲多落少

香港臨海而多山，城市往高處挺拔，造就的不只是維多利亞港壯闊的天際線，自然就結果論，那寸土寸金的樓價，每回訪港，總是滿盈令人瞠眼目盲，漲多落少的價格標貼。我會停下稍看，啊全世界住宅樓宇最高貴之城，彷彿每次抵港，每平方呎價格便又悄悄多往上走了一些。

樓價走高，自然是這自由主義之城資本發展的必然結果，而才攤開了報紙，映入眼簾是香港整體私人住宅樓價與租金雙創歷史新高，住宅樓價升幅逾百分之十，租金漲幅雖不同高，亦都是漲了百分之三・五；開發商認為，房價和地價經過近幾個月的下降之後，已經觸底反彈……人都說，今年下半年樓價升幅可預期減緩，但下行壓力甚輕……。

也就是，樓價下行？沒可能。

迄今，香港政府仍相當依賴出售建物地上權作為重要的庫府收入，此間邏輯是，地價越是高，港府收入更豐，利潤愈大。

這樣的運作方式，很大一部分支撐了香港的低稅收自由經濟體制，亦即政府透過控制地上權的釋出總量，來確保港府歲收的穩定，而此一供給有限的架構，更令樓價維持在一定水平之上。

不僅香港半山區、港鐵九龍站上蓋樓宇隔港對望，兩相成為香港、甚至亞洲最貴的住宅區，港人一般住宅單位的價格亦越趨高企，難見大型住宅單位，單位價格卻比鄰近諸國地區貴上倍數。嘗有人言，香港的低稅制，很大一部分是建立在高房價的基礎之上——居住成本想來也是間接地賦稅。

然而，香港土地貿易在英國殖民時期被和記黃埔、太古、怡和三大財團幾近壟斷的架構，回歸中國政府之後不僅並未改變，反而幾經換手，讓恆基兆業、新鴻基地產，以及長江實業所把持，港人高昂的居住成本，只是間接地進到政府以標案形式出售的收入裡頭，地產市場釋出物件的實際控制權，依舊集中在開發商的掌心。

所以這究竟是一座自由主義之城呢？或者它並不全然是。

港府和開發商的互利結構，技巧性壓低了市民稅賦占港府收入的比重，將香港經濟往自由主義的一端推移，而此架構卻對地產價格起到了火上加油的效果。地產事業形成寡占局面，同時是政府與開發商勾結的原因以及結果。

不能不提的是——在經濟高成長的時代，市民尚且可以靠著持續往上的收入，填補持續走高的樓價黑洞，然而就在十五年間，香港經濟遭受一九九七年亞洲金融風暴、二〇〇三年的SARS襲擊，乃至二〇〇八年全球金融海嘯，經濟還未回到衰退前的水準，繼之而來的歐債問題，衝擊的絕非握有大筆資本的地產開發商，而是一般市民。

於是我想到的是台灣。當然。台灣政府的房產與稅政「改革」，終究無法避開利益團體運作的痕跡，而香港的借鏡是——回歸後的所謂修正式資本主義，並非往社會主義傾斜，而是創建出一個讓資本家、企業主、經營者更易於運作的制度架構，香港「更加資本主義化」的同時，貧富差距擴大也僅是其中最顯而易見的後果之一。

台灣政府依舊決定續抱財團、走無止盡地產開發的道路嗎？

自然我是無從置喙的。但仍以香港政策來看，在公屋與私宅並行的架構之下，香港的房產市場尚且走到了現下這步田地，而缺乏相應的公屋制度作為中繼緩衝的台灣，或者更進一步來說，台北，會變成甚麼樣子？

直到二〇一〇年，行政院宣布五百坪以上的大面積國有土地禁止標售之前，在二〇〇六至二〇〇九年間，政府出售的國有土地總面積達七百八十八公頃。「國有」土地，這原應屬於全民共有共享共治的公共財，不斷落入財團手中。

土地是可以私有化的嗎?或許不。但財政部長張盛和在立法院財委會報告時說,政府正積極引進民間資金參與公共建設……將釋出招商案源五十一案、估可吸引投資金額約一千八百億元……持續活化國有土地使用,以招標設定地上權方式……空軍總部現址、華光社區、台北學院與中崙眷舍等三大指標案件……預計可引進一百四十億元民間投資,創造九百二十九億元總收益……

空總原址釋出的土地開發,鬧得沸沸揚揚,最後國產署說……排除住宅規劃,因公益性不高……且旁邊有「帝寶」豪宅,若再興建另一個帝寶不宜……若興建出租或社會住宅,可能會降低這塊地的價值……

這話,令得我腦中有一種想像。

但我不願、也不讓我的想像變成現實。絕不。

陸客來台誰快活

你越來越害怕讀新聞。成天播放的書寫的，淨是海峽對面那廣袤大陸的遊客，來這蕞薾小島旅遊不過三五天事，鏡頭尾隨著他們走入購物中心，珠寶店鋪，建案銷售據點，他們吃了甚麼買了甚麼用了甚麼。喝了甚麼。逛了甚麼，感覺快活不快活？

其實你不想知道。這不是才第三天，或者第四天，你感覺厭膩。

當然。

記者喧囂叫鬧的語氣不夠，還不夠，需要更多。你感覺自己的生活在那些左擁右簇的鏡頭與筆記本裡邊逐漸被解構，認不出來的日常生活，這是新聞或者甚麼，翻開報紙撳了電視，「陸客看台灣房價表示一點也不貴」，「陸客自由行商機無窮，店面、商辦價格後市看漲」，「陸客大手筆兩千四百萬元買鑽」。陸客。陸客。陸客。

同樣的標題同樣的起頭，差不多的內容敘述著那些你未曾謀面的人，甚至無法想像你們共同的血緣云云，乘著飛機來了，睡了幾晚，吃了幾多錢的餐飯，就要從這島上帶走更多，並留下外匯。你只是沒甚麼特別感覺，他們來得突然，但沸沸揚揚彷彿半座島嶼都瘋了。渴著，渴著他們的到來。

你不感覺。但他們說，你應該要有感覺。感覺經濟即將變好，感覺低迷的島嶼風向即將轉變，甚至有人說，V型反轉就要發生，旅館業航空業零售業奢華精品業。所有這些。報紙上斗大標題，九十一億元到一百九十五億元外匯商機商家爭食。還不加上陸客看準我們這鬼島房產眼光精準，熱錢就要滾進。就要。即將。引頸著，很快會發生的那一切。

其實你都知道。都知道他們會怎麼說。

他們說，「我們的生活就要變好。」但其實你知道不是我們，只是他們。

當然只是。那公子哥兒出身的某集團總裁，腆著肚腩現身每一個子公司股東會現場受訪，記者照例問的是董事長怎麼看陸客商機，房產走勢，對我們集團營運的優勢，怎麼看。怎麼看，他們總是這麼問。那集團總裁也從善如流，對我們很好，很好啊，百貨零售銷售一定會好，很好的。股市要上萬點，經濟不錯，健康，房產嘛香港太貴，新加坡太熱，台北這，還是有些空間的。笑笑的語氣裡頭，巴不得是再漲些，再漲一些好了。

於是陸客這麼來了。某建設公司大手筆包下六大報頭版全版廣告，花了上千萬元，電視新聞上建商董座口沫橫飛嘴角全泡說著，陸客來台看屋只是開端，代表台灣快速與國際接軌人流金流可以自由進出未來國際資金可望大舉布局台灣……再漲一些。再漲一些就好。

你關了電視不忍再看。你知道的，店面商辦後市看漲。為的是陸客去年平均在台觀光單日消費達到一百三十八美元，還勝過日本觀光客的七十七美元。所有人都喊著，喊著，包括那唇紅齒白上個年底才回鍋的航空公司總座，說，一天五百人太少。太少了。還要更多才行。

更多。更美好，更偉岸光亮的明天。他們說。

再漲一些……再漲一些。他們點數著未來的鈔票，指數漲了還可以再漲一些，全城首席豪宅的成交價一再破頂，商機無限。但你想你是個務實的人，輪不到你的美好明天你並不喜歡被迷惑也不喜歡催眠曲一般的鎮日轟炸。你是住在這島上的人，一個月也在復興SOGO進出多次，時常在電扶梯口看著Cartier的門口拉起紅色絲絨繩索，抱歉今天VIP only。

或許十次裡有八次吧，你想自己身邊的那些富豪也買過一串兩千四百萬的鑽石項鍊，或許更多，信義A9的CHANEL也有人不假思索刷下整條美鑽鑲嵌的手環。但沒人說，以為經濟繼續待在谷底，等紅綠燈的時候你瞇著眼睛感覺1A2B的車，多了些。車流裡，那些號稱德國工藝極致再極致的車身呼嘯而過，或許經濟好了，可你總感覺有些事不關己。

像人行道上的菸蒂給人踏過，不會有人回頭。這島，悠忽的車流，你站在路的中間想再等一個紅燈，安全島上所有汽車冷房噴出的熱氣，悶悶的，憋著。

你當然是住在這島上的人。房價高了又高，看漲又看漲，所有標題都站在多方而你說你每天都看空，也只是剛好而已。陸客來了，買完走了，市井小民每天掏出錢包又薄了一些，麵店在漲滷味在漲，通膨危機你從報紙上讀過一些，最近連便利商店的新鮮屋果汁都悄悄從二十元漲到二十五元你才知道，啊，你不快活。但他們說，你應該快樂，我們很快樂。

但你為甚麼要快樂，又為甚麼不憤怒？看著電視你也有些忿忿，不滿，咒怨與厭膩，但你為何不憤怒。你甩了報紙關了電視，你想自己還算過得去的生活，還有間自有的地產遮風避雨幸而是房產大飆漲之前先布局的了，你感覺，算了。

你也懂得房產仲介營建地產商慣用的手腕，餵食一個題材，笑臉盈盈的名人出來講話，我們看好陸客來台買房投資，全案已熱銷僅剩最後兩席。忠孝東路上搭起的巨幅宣傳廣告，給看的可不是你。不是你。是他們。不是我們。於是你喝完碗底的麵湯，結帳了，又想這麵毛利率不知多少，房租算是廠辦成本吧，吃掉店家多少毛利。其實你明白，碗麵百元，交的都是租。

陸客來你預期萬物皆漲的態勢料將持續，如同那些企業家喊多喊漲喊上的口吻，即使第二季財報就要一翻兩瞪眼，朋友坐在對面，笑笑說，你知道台股就是，題材與題材，與題材。房產也是。捷運三環三線都通了有沒有半條，先起漲的河那邊，較之一眠大一吋還更厲害的。於是有人只好搬得更遠。陸客來了。更多的題材，需要更多。接著給我們都市更新。讓我們鏟去老舊的屋舍，更新以光敞明亮的樓廈，讓我們一起擁抱更美好的生活。

為甚麼有一些人笑，但還是有人哭了。

你想自己是個務實的人，島嶼經濟需要活水，可不是這樣。不是這樣的，把一切希望寄託在虛無的議題之上，陸客來了，生活就好了，但真的是這樣嗎，更多人哭泣的世界太過顯得荒謬。你也了解世界運作的法門，富人更富，貧者更貧，你也努力想要躋身更好生活那狹小窄門，但你知道自己會小心不踩到別人的腳。你不穿高跟鞋也能跳舞，不把別人推出去，你想有沒有甚麼辦法，讓這門寬一些。

但門是那樣地窄。他們在門上掛出更多的牌告，告訴你電梯門要關了。班機要起飛了。樓起樓塌，城市裡唯一的透明電梯通往天堂的窄門，付錢就可以到達的地方，你搖搖頭，你不忍看他們的笑容你關上電視。害怕新聞，電視裡的，報紙上的，雜誌中間的，都算。害怕？或其實是憎惡，說不上來的，你感覺電視新聞這裡，那裡，隨意途經的電器行，麵店裡，甚至咖啡店都給占領。

其實你也不是真的不需要電視新聞，只是已不免感覺有一些厭膩，一些疲憊。

陸客來台不過第三天。他們說，後續商機大有可為。他們快活的臉你關掉了電視，世界仍繼續運轉著。班機來，班機離去，世界繼續這麼運轉。

不算是個男人

年輕軍人洪仲丘遭過當管教，禁閉操練致死的新聞鬧得沸沸揚揚，早餐時間，母親看著電視新聞，邊幽幽說了，「幸好你沒當兵，要不照你這倔強個性，肯定被整。」我邊把麵包牛奶往嘴裡塞，邊不置可否地嗯嗯幾聲。母親想說，但沒說出來的，怕是也不知倘若我真當兵去了，能否活著回來都未可知。

從小，二舅便時常對著我和表哥們說，不當兵，就實在不像是個男人。小兒麻痺的二舅自然是不用當兵的，我有時猜想，沒當兵這事，給他想像中的男子氣概造成了怎樣的空缺？從小，我們聽著那首兒歌，哥哥爸爸真偉大，名譽照我家，為國去打仗，當兵笑哈哈。於是大表哥去當兵了，二表哥當兵了，小表哥也當兵了。就我沒當兵。

幸好我的兄長們都能平安回來。幸好我沒當兵。

先別說當兵能讓男孩變為男人的都市傳說真偽了，一個國家竟讓人父人母擔憂兒子能否安然度過兵役期間，還沒長大的孩子，死了。

這軍隊，怎能讓人信任？

高中念男校之故，我身邊不乏的是照規定時候到了，便高唱從軍樂，報效國家去了的男性友人們。卻也因友人多的是男同志，即便是他們退伍後，亦少提起當兵情事，自然沒聽說甚麼當兵讓人變得陽剛的例子，反而多了些木蘭從軍、三軍粉黛，在輔導長室泡花茶的笑鬧話題。當兵，似乎一直一直都只能是男性氣概的養成傳說，退役了、開始上班了，職場上那些電子公司傳來的經驗談，更多的是一再複製著兵籍學長學弟間的位階權力，以及被軍事制度強迫著「成人」的，半熟男孩。

四處聽聞每個人的當兵經，我感慨的是，似乎，有許多人就這樣失去了正常長大的機會。因為軍中太多權力的不對等，階級的不對等，因為總在高裝檢作假，總能推託，總能虛應故事，有多少男孩，是在軍中習得並逐一變成了「那樣的男人」呢？

母親說，幸好你沒當兵。否則以你個性……

畢業前夕，父親說，台灣啊，最不需要的一是外交，二則是國防了。你去看看體位怎樣規定，找個條目想辦法弄掉它，能別當兵，就別當兵了。

時常有人說，當兵能砥礪心志，改變個性，讓自私的中二病學會寬大待人，讓孤僻的少年習得群體生活，讓這些變成那些。但那些無非是給少年的煉獄不是？逼著你成為你不是的人，即使是不合理的命令亦逼著你服從，逼著你停止思考，逼著你，成為一個從屬於男性世界的微小存在。逼著你，拿掉自我，逼著你正視自己的不存在。那是我們希冀成為的，那樣的「男人」嗎？

在那樣的世界裡，有人死了。據聞是因洪仲丘拒絕與上級合流，拒絕參與霸凌「學弟」的惡行，因此反使他成了被霸凌的目標。如果我讀到的報導是真，他的死亡，竟是因為他想要保有身而為人——而非一個扭曲男性體系裡的從眾者——的那些基本品質。於是他死了。

那歌還是這樣唱的：走吧走吧哥哥爸爸，家事不用你牽掛，只要我長大，只要我長大……我慶幸自己不用當兵，安然長大了。可有人是來不及長大了。母親慶幸我的存活，而我則慶幸自己，不用成為那樣的男人。

是啊，幸好我本來就不算是個男人。

這樣也挺好的。

那天，男孩戴上他的假髮

「I've got my lipstick on /
My bucci bag /
And my proud ski dress /
And I am ready to ROCK …」

——BUCCI BAG, by Andrea Doria

男孩霍地一聲拉開衣櫃門，視線跳過每件素面襯衫，直條紋襯衫，跳過POLO衫和T恤，更遑論那些摺疊妥當的領帶，領結，牛仔褲和西裝褲。層層疊疊，他把衣物往床上扔，只因這不是上班的日子，亦非如往常戴上面具的時刻。他不穿這些。他的衣櫃深處，有一道通往納尼亞（Narnia）祕境的隧道，在那裡，他有幾件蕾絲短裙，黑色網襪，化妝盒，貼滿晶瑩亮片的小可愛，一雙桃紅色高跟鞋……

過去，他總是把這些藏得很深很深。過去這些傢俬，一雙垂墜的耳環，一條披覆頭頂的絲巾，從不真正屬於他。

只是他總在父母外出的夜晚，潛入母親的衣櫃，將自己幼弱的身軀放進母親的長裙，假扮成水手服美少女戰士或者戰神雅典娜，以及那句通關祕語：我要代替月亮來懲罰你。時間過去，男孩成長得更加倜儻拔萃，但他依舊思念那個不同於日常的自己。這天，男孩在穿衣鏡前妝妥了容顏，確認眼角的眼線拉出飛簷，確認豔紅的唇膏已勾勒豐滿的雙唇。他對著鏡中的自己眨了眨眼，衣著縫線非常完美地塑出他的腰身，高跟鞋令他足足長高了十二公分，令他自信，令他驕傲。

驕傲於一個真正「想要這樣」的自己。

左右端詳，還缺少甚麼呢……

對了，還有一頂寶藍色的假髮。調整假髮在正確的位置，髮線，捲俏的髮尾，遮住他剃整俐落的鬢角。如此便可以出門了。他想。

他豔光四射，他光彩奪目。他踩著高跟鞋踱入捷運站，踩過路人婆嬤吃驚的下顎。鞋跟的喀嗒聲響，敲醒整座城市的眼神。那道延伸往月台的樓梯，已鋪滿了晶亮的星光，他在這裡，聚光燈注目之處，廣袤的伸展台在街頭，在捷運站，令他所走過的每塊地磚，逐一亮起。

*

扮裝，無非是模仿男性或女性的刻板體態、裝扮和動作，讓妖嬈的更妖嬈，讓陽剛的更陽剛。有人撇撇嘴，說，娘娘腔。有人問，為甚麼？也有更多的人反問，為甚麼不。

扮裝皇后，可不一定從屬於陰性。

一九六九年六月二十八日，紐約Christopher Street的石牆酒吧（Stonewall），扮裝皇后（drag queen）們因警察的非法臨檢，雙方起了激烈衝突，那是當代同志運動的濫觴，讓紐約成為同志運動的起點，是同性戀第一次起身爭取自己也有存在的權利。是被父權陽剛暴力逼至退無可退的扮裝皇后們，揮出拳頭向性別的暴力宣戰，是那些被視為女兒命、查某體的皇后們，讓石牆事件（Stonewall Riots）留名青史。

時間是二〇一三年六月二十八日，石牆酒吧依然在紐約同志驕傲遊行（Pride Parade）的終點不遠處，繼續營業著。

這一年的紐約遊行，氣氛格外不同。不只因為是紐約，更因為美國的捍衛婚姻法（Defense of Marriage Act, DOMA）在兩日前正式被宣告違憲，就法律意義而言，不僅確立了少部分同志公民的憲法權利不再遭到剝奪，更意味著同性婚姻的合憲性已獲得美國聯邦政府承認。隊伍中，紐約法院的花車駛過每個街角，都讓周圍的人群激動歡呼，更多的是猶太，印度，阿拉伯，黑人與華人的隊伍，來自相形各異文化，國族，人種，膚色，性別，性傾向的人們，都在這裡。扮裝不扮裝的人們，都在這裡。

同志的扮裝文化演繹到如今，已經成為一種積極、主動的言說方式。

一直有這樣的問題：為何同志遊行都要穿得那樣誇張，低調一點、「正常」一點，不是很好嗎。

可是可是，誰又能大聲地否認，那些西裝筆挺，三千脂粉，冠冕堂皇的「日常」，可能可能才是真正的扮裝；誰能否認，所有社會性的片刻，當律師說著律師的語言，工程師說著工程師的行話，當保險業務是保險業務露出他們招牌的假笑，當每一個店員甜美的「歡迎光臨」此起彼落地響起，那些不允許每個人是每個人自己的場所，時刻，和情境，每個人都成為了不是自己的扮裝者。

「扮裝」這一詞彙固然隱含了「特定性別應有的樣子」，然而當更多人扮成了檳榔西施，仙杜瑞拉，雪女，靜香，觀世音，那又何嘗不是對性別的拆解，讓每個身體都成為一個劇場，進而打開了更多性別的光譜。

不需要先驗地預設了，誰該是甚麼樣子，人應該是甚麼樣子，你我該是甚麼樣子。

只因每個人都是不同的。

讓高跟鞋在男人的足踝上閃耀，讓比基尼在久經鍛鍊的男性體格上奪去所有的目光，裸露乳房的唯一原因是她們願意裸露，為了激怒保守者的眼神而慶祝，為了不再在意別人的愛看不愛看而慶賀。

慶賀有些時刻，每個人都能對自己誠實。

認同扮裝，意味著認同怪特事物也有存在的空間。意味著認同動搖體制之必要，動搖成見之必要。認同秀異的存在，更意味著包容是正確的。多元是正確的。意味著，我們願意相信甚麼是正確的。

*

那天來到台北同志遊行的集結點，男孩混進隊伍，放眼周身無不是化身王母娘娘，動物系，戰神與女巫，妖精高布林，啦啦隊女隊長，所有這些。男孩笑著揮手回應兩旁夾道的歡呼，擺出最美豔的姿勢等待一次次快門清脆的喀嚓聲，彷彿知道，世界真的變美好了一點，但它還可以再更美好一點。

還是有人問。

舉辦一場遊行把自己裝扮得奇裝異服，就真的是讓同志在社會上的「可見度」變高了嗎？

然而獨善其身自是不夠的。男孩喜歡人們並不一定是同性戀，雙性戀，異性戀，人們是妖姬是裸女，是阿貓與阿狗，是渦蟲與蜉蝣。男孩喜歡人們是驕傲的，喜歡人們行走，喜歡人們都在這裡。

男孩身邊有這麼多人隱藏自己的同志身分，依照這個長久以來為異性戀男性量身訂做的社會運作方式在生活，他們每年繳著各式各樣的稅金，卻不能和自己真正愛的人結婚，不能依靠一段「同性結合」的婚姻進入「婚姻」所提供給異性戀的法律保障，經濟保障，即使他們往往扮裝為自己不是的那個人，扮裝成不苟言笑的研發部門主管，卻放任真正的他們離散於「這個社會」所期待的標準之外。

苟且的「異中求同」理論已經不適用了，要求同志們努力「扮裝」成異性戀去完成社會期待的時代早就過去，現在的社會要是夠寬大夠包容，能夠接受一個異於異性戀社群的社群（並且是有著巨大人口數量只是通常習於被忽略的社群呵）存在才能夠說，確實夠了。在這個空間裡面，電音花車上舞動的扮裝皇后可能引發水男孩連動式的擺動身軀與歡呼，一次同志平權口號的演練與呼喊，可能使得人行道上隨遊行隊伍緩步前進的LGBT群眾同聲吶喊。

同志遊行長久以來的「扮裝」傳統，其實不過是對於平日自己處在異性戀人群當中的「扮裝」，一個最諷刺的抗議方式。

男孩喜歡人們成為他們自己。而那就是遊行最重要的意義。就是扮裝的意義。

認識自己，接受自己，揮灑自己，即使雨傘打開占掉更多的地表面積，男孩能說「這就是我」，即使穿著妖麗站上電音花車奮力地扭腰擺臀，男孩能說，那不過是為了享受更多、更多的鏡頭。即使在人群安靜的處所牽起愛人的手，偷偷親吻的時候，我們能說——這一切是我們本該擁有。

而也因為男孩與群眾一同走在街上了，一同高歌了，一同隨著音樂節奏歡暢地起舞了，在臉上畫道彩虹吧，繼續走彩虹的路。

在這裡，這一刻，眾生平等。

舉目所見，同志遊行沒有憤怒的口號沒有雞蛋也沒有白布條，只有一面面高揚的六色彩虹旗幟和各種充滿創意的跨性別裝扮，訴說著愛與和平的精神。

同志社群也許習於在人群當中保持沉默，但是當遊行隊伍出發，你會在這人群當中看見聽見的，卻是充滿歡樂，並且期待，即使標榜著「我和你不一樣」也仍然能夠被欣然接納的，屬於同性戀的烏托邦。

那天，男孩戴上他的假髮。成為一個扮裝皇后。

前方的電音花車正播放著Andrea Doria的經典名曲〈BUCCI BAG〉，那歌是這樣唱的：「I've got my lipstick on / My bucci bag / And my proud ski dress / And I am ready to ROCK...」

甚麼時候要結婚？

忘了是從幾歲開始，你就不愛過農曆新年了。農曆新年讓你感覺難熬。為了年夜飯坐定了幾小時，想趁這機會聯絡感情的人滿地找著可有可無的話題，不想搭話的人則左避右閃打著哈哈，要不要喝酒工作還可以呀哈哈我知道我知道我．知．道那我去上個廁所，待在桌上的時間能短，就短。能再短些，更好。

這日子你想，對每個處於適婚年齡而依舊未婚的人而言，大抵像是白素貞碰到端午節，正午的陽氣，迎面而來還得獨飲雄黃酒一杯，桌子那頭，奶奶視線對過來，整桌目光像被凸透鏡聚焦了，熱得快要燒起。天底下，每個要回大家庭吃年夜飯圍爐的男同志女同志未婚者不婚者，你不曉得，有幾個能從那些百般探問不吐不快的問話裡頭全身而退。

他們問，甚麼時候要結婚？

雖然心裡已排練數次，你還是怔了。差點現出原形。

你有很多種藉口，經濟的，緣分的，訴諸於怪力亂神的，虛構的又或者半真半假的，都好。但今年不一樣，今年你舉起杯子。你想。

想起那年你陪表哥去買求婚戒指，在新光三越穿行，看過八心八箭，十分，二十分，五十分，表哥說，他同女友說，如果結婚以後我們要生幾個小孩呢……他女友說，你都還沒做最重要的事情。最重要的事情，那是甚麼，他問，她說，「プロポーズ。」你知道，求婚。想起日劇，彩虹大橋的場景，要多浪漫有多浪漫。八心八箭，穿在你的心頭，那時候感覺結婚離你還很遠，遠得，像是下一個世紀的事情。

*

二〇一三年六月二十六日台灣時間晚上十點，臉書塗鴉牆上激起一陣騷動。有人引用BBC新聞，有的引述了CNN，連財經媒體彭博社（Bloomberg）亦開闢專屬頁面，講起同一件事情：美國聯邦法院以五比四票數，宣告美國於一九九六年起實施的「捍衛婚姻法（Defense of Marriage Act, DOMA）違憲。

朋友傳來訊息，不知禮拜三晚上酒吧會否有人，去喝一杯慶祝慶祝吧。

我笑笑，回傳了，說慶祝甚麼？都還沒能聽說這局台灣是跟，還是不跟呢。

眾所周知，因美國各州不同的法律規定，部分州的同志公民可締結婚姻，部分則否。然而在此之前，即使是結成婚姻關係的同志公民，仍因DOMA所立下的壁壘而在包括稅務、居留權等由聯邦政府提供的法律保障，無法及於同志伴侶。宣告DOMA違憲，就法律意義而言，不僅確立了少部分同志公民的憲法權利不再遭到剝奪，更意味著同性婚姻的合憲性已獲得美國聯邦政府承認。

儘管DOMA違憲案並非等同於「美國通過同性婚姻」，然就法律意義而言，在容許同性伴侶締結婚姻關係的州，那些已註冊同志伴侶的法律地位與權益，已和異性婚姻的伴侶完全相同。

換句話說，聯邦政府業已拿開了阻擋於同性婚姻立法之前，最後、且最大的一塊絆腳石。

那麼，在許多事務皆仰鼻息於美國的台灣，同志婚姻最大的絆腳石又是甚麼呢？

同志伴侶陳敬學、高治瑋於二〇〇六年即已舉辦公開儀式締結婚約，然在二〇一二年至戶政單位辦理結婚登記時遭到拒絕，對此提起行政訴訟。當時，合議庭並未直接裁決同性婚姻合法與否，卻擬提請聲請釋憲，將責任丟給大法官，已讓人見到台灣法院無力承擔進步思維的顢頇，而在人權團體之間引起一片譁然。法律，法院，與法官，是台灣同志婚姻合法的絆腳石。

打了一年多的訴願官司，陳敬學與高治瑋的婚姻釋憲案都還未成案，竟在二〇一三年一月選擇撤案。

其間原因，陳敬學、高治瑋並未進一步說明，不過私底下人際網絡流傳的，無非是兩人遭到黑函攻擊，卑鄙而刺耳的詆毀，乃至對雙方家人人身安全的威脅從無止境，讓恨，成為了島國同胞給予一對相愛之人最響亮的回答。人民，同胞，也是台灣同志婚姻合法化的絆腳石。

*

又再後來那年，姊姊和長跑八年的男友，要結婚了。你的情人告訴你，如果是你結婚，不會只想要收到一個錢包吧。於是你和他在港島各處尋找著項鍊，耳環，手鍊。拿起一組，端詳了又再放下。

你記得很清楚。三年前的聖誕節，情人問，要買甚麼給我做聖誕禮物？你的情人寬朗的笑容，像很快原諒了你，他說，你沒有品味的。他笑。你知道時間越過越快，而情人們的時間其實越過越少。

有一度你想問但沒問出口。一個問題，如果有天你結婚了，那人會是眼前的他嗎？

情人的時間尚在超前，此生的時間卻無從逆反地越過越少。你的國中同學結婚了，眼看國小同學結婚了。你接獲高中同學的喜帖，突然某日，宣稱終身不婚的大學同學也結婚了。你趕赴一場場婚禮，你總是坐在那裡感覺自己像個外人，觀禮著自己還不敢想過的盛宴。更後來，聽說哪個學妹離婚了，世界繼續運轉。那個誰誰的小孩則是長得跟他真的好像。你掩面，想著自己，想起你的朋友們。

你的家人們這麼問著，甚麼時候要結婚？

這個問題原先你只想閃躲。但這會兒你很認真地想了起來。想得很深，有一種特別的重量，在農曆春節的氣氛裡讓你沉默。

世界繼續運轉，時間永遠不停。你想起，已經十九年的那對老師們，十四年的咖啡店老闆們，十三年的那位業務經理與廣告人。又想，如果他們結了婚，那麼在一起十一年的那一對，是否就不會分開了……你想。

想著自己，想著你和你的情人。

＊

二〇一三年三月，同志運動者祁家威，則以內政部戶役政系統不接受男性申請者的配偶欄填入男性的「不受理處分」為由，接力提出訴願，展開下一個階段的抗戰。據悉，若男性在配偶欄位身分證字號第一個數字打入代表男性的「1」，就會顯示「妻需為女性」，其他格子都無法輸入。雖只是一個數字而已，卻設定得那樣生冷，堅定，成為一道牆，阻隔兩個人在對方的身分證背面填上彼此的名字。

只是男與女的分別而已。身分證號1與2的分別。

只是兩個人想要組成一個被國家，被法律所承認的家庭，那樣而已。

只是那樣而已啊，卻怎有那麼多的巨石等著我們搬開？而祁家威，一九八六年就前赴立院陳情爭取同志婚姻權，一九九二年赴行政院、一九九八年試圖於台北地方法院公證，超過二十五年的時間，祁家威幫著我們把巨石推上山，滾下來，推上山，滾下來……時間過去，祁家威說，他五十五歲了。整個台灣社會，或說台灣同志社群，這樣看著他或甚至背對他，讓他和其他極少數極少數的人啊，把巨石推上山，滾下來，推上山，滾下來……

我們究竟能多冷漠？曾有個晚上，我和朋友在酒吧，一個身形厚壯的青年拿著一塊紙板，說可以耽誤你們一些時間嗎？我們說，當然。他說，這是「多元成家我支持，台灣伴侶權益推動聯盟伴侶盟連署活動……」我們說，哈，當時發起不久便早已經簽署過。又好奇問他，現在已經有多少份連署了？

他搔搔頭說，經過這幾個月的努力，我們有三萬多份了……

我們能多冷漠又真有多冷漠？即便換條路走，酒吧裡，那些歡聲飲宴的其他桌，沒幾個人伸出手來簽署那尚有太多空格需待填滿的連署書。

有的時候，我們，是的我們，甚至就是自己的絆腳石。

於是當美國宣告DOMA違憲了，香港網站上一篇評論寫著，「台灣很多事情都依傍美國，加上同志活動近年搞得有聲有色，情況好像很樂觀……」然而事實是否當真如此？我並不確定。DOMA因違憲而立即失效那天晚上，朋友問，要不要出門慶祝，我確實便回了那句話，慶祝甚麼？

事實是，台灣已錯失了太多榮耀的可能。我們不再有亮眼的經濟動能，失去了當亞洲營運中心的籌碼，電子業面臨中韓對手的強勁競爭，基礎製造業地基鬆動。當我們宣稱自己是人權與民主立國，卻還是拿仇恨與歧視對待少部分的國民，另一廂，仍然奉行共產主義、一黨專政的越南，已在今年四月中由衛生部啟動了同性婚姻的立法建議，並就國家婚姻法的修訂，進行線上諮詢與公聽。

我只是擔憂，那夜，在台灣朋友們的臉書上，那快速被瘋傳被轉錄被散布被張貼的新聞，會否又只是為人慶祝的一夜激情與騷動，象徵大於實質意義？

我但願不。

讓我們拿開每一塊阻擋於婚姻平權之前的絆腳石。讓我們不要在五年、十年後遺憾地說，同志婚姻這事啊，「我們曾有機會成為亞洲第一。」

＊

也不知道是因為農曆新年特別的氣息，還是酒喝多了。你感覺時間越過越少，情人不和你一起團圓，年夜飯吃得索然了。突然你感覺想要結婚，感覺這輩子你從未像除夕這日一樣地想結婚。但你的國家還不想，你的家人還不想，不知道，不願意，或至少他們尚未覺察你的感覺。

你真正的一面尚被排除於他們的問句之外。

他們還不知道，你還不能，不能夠，不被允許。你很想說出來，你的國家不願承認你深愛你的情人，而你的家人們甚至還沒有機會體會到，你的沉默其實來自你無法向他們表達，自己如何愛你的情人一樣地愛著他們。

他們問，甚麼時候要結婚？今年不一樣，今年你舉起酒杯，盯著杯盅裡的紫紅酒漿。

你深呼吸，問他們，也兼且像問自己。

甚麼時候要讓我結婚？

容許魍魎現身

鍾怡雯在《聯副》，接連以〈神話不再〉、〈誠信〉二文，質疑年前獲時報文學獎散文大獎的〈毒藥〉作者楊邦尼有誠信問題。鍾怡雯直指，評審團猶疑〈毒藥〉一文有虛構之嫌，去電作者求證時，楊邦尼在電話中自承該文書寫為己身經驗，鍾怡雯並以她「跟楊常來往的大馬詩人、媒體主任、同志作家求證過」後，比對「考驗楊邦尼個人誠信的來電」，她說，「真相只有一個，無須多談。」亦即，鍾怡雯認為楊邦尼既非感染者，如此即是「靠謊言擒獲一次大獎」。

鍾怡雯力圖揭露「創作者為得獎，不惜謊稱人生」之文學獎怪現象，文學獎和專業參賽者之氾濫，確實也是台灣文壇必須正視的問題。

然而，我要主張的是——散文本就容許虛構與轉化，「真實與否」既不該成為主辦單位去電的理由，後續得來的「答案」便不應成為質疑作者誠信、乃至道德的準繩。僅因評審間無法以文本之技藝與關懷定奪名次獎項，而必須以「散文是否為真」作為給獎的最後一道門檻，儼然更已成為文學獎的另一怪現象。

主辦單位做了這樣的調查、打了那樣的一通電話，我覺得很失格——要批判文學獎怪現象，可以，但當自己也成為怪現象的時候，行文就無論如何站不住腳了。

況且，這不僅絕非「無須多談」之事，反而要多談。

因為〈毒藥〉事涉愛滋。

在一個愛滋感染者尚且背負無數污名的時代，〈毒藥〉一文中的「敘事者我」開門現身，耙梳感染者投藥、病情獲得控制的歷程，最重要是，將此一過程中的藥／毒關係重製，實是當代文學中少見的嘗試。而幾年前，我也嘗寫〈患者〉一文，以「我的朋友」為主體，描摹感染者所與病、愛、人群的糾葛，投往某文學獎，卻輾轉聞得有評審主張，「散文必須以『作者我』為主體」，反對該文晉級。

天啊，以愛滋關懷為軸心的散文，倘不能用「我的朋友」為主體，用「我」更要被質疑「敘事我」是否等同「作者我」——我們的當代文學（好吧，文學獎），還能不能為這些患病的弟兄們，說一點甚麼？

天地無門，此路不通。

正因事涉愛滋，文學之終極關懷，勢必為「人」，而無論你、我、他。

情節之「敘事者我」是服務於「作者我」之核心關懷，為之操演。倘若文章僅因主詞從「被書寫者他」換成「敘事者我」便不成立，那也必須是因為文學技藝之不足；易言之，必須因為錯誤的臨摹、曲斜的再現，而不是拘泥於「這是否你親身經驗」的枝微末節之事。

另一方面，此間不僅牽涉到文學的紀實與虛構，讓這事更加複雜的，無非是該文動用的「敘事者我」和愛滋之間的共生共存關係。

之所以「根本不應去電詢問」，是因為倘若萬一，我是說萬一，作者「就是」感染者，而主辦單位在去電詢問時，作者「以為」這通電話是off record（不登載在案）。於是他承認了。然而當評審結束，獎項頒布，作者能夠「在公開場合再承認一次」嗎？顯然不能。那麼，鍾怡雯的文章卻硬生生將之轉為on record（登載在案）的紀錄，豈不是逼著人要在報紙上「再度出櫃」。萬一是這樣的話，別說是光環，更別說是神話了——「文學獎」這三字，都將因此而蒙羞。

我們能不考慮到這樣的可能性嗎？

正因事涉愛滋，這是一次最壞、最壞的示範。

鍾怡雯忘記了，忘記、或根本不曾看見（反正『我可沒聽說過』？），愛滋感染者在現實中面對的處境有多惡劣。忘記了，即使感染者「私底下是」，也不能「公開地是」。絕對不能。他們必須是「公開的不是」。迂迴。閃躲。絕不能是。主辦單位去電詢問，作者萬一是迫不得已而答「是」，但倘若「不是」又如何呢？對於文章之關懷，絕對無傷。

愛滋之不能言，之難以啟齒，絕非鍾怡雯所言之鑿鑿，「既然如此，為何寫出來？」寫，正因日常太沉痛，不能寫不能言，更應該要寫。正因現實中之不能承認，文學的「虛構」，反而讓寫作者有了解脫的空間。那難道不是文學創作的初衷嗎——而今，鍾怡雯卻將之上綱到「誠信」問題，將創作者假借「敘事者我」的空間給逼死了。

我們縱會認為去電詢問一篇家人過世的文章作者「你家人真的死了嗎」十分無禮，那麼問「請問你寫的感染者是你自己嗎」不也一樣？我們要的「文學真實」，難道就只是家國歷史，生活瑣事，故鄉思懷，梳頭，煮飯，親人這些，凡圍繞著「作者我」的才能取得入場券嗎？

其他的，只要不是親身經歷，就不算數了？

更推廣一點來說——要求散文必須「完全符合事實」的道德危機在於，從此再沒有寫作者願意處理悖德、甚至違背法令的題材。寫偷情？恐怕成為妨害家庭的佐證。寫嗑藥？警察會否找上門來。寫愛滋？得先說那是不是你本人。甚至——只是寫生活中的小奸小惡而被人肉搜索？當這些統統變成作者的「無條件自白」，反而可能成為道德審查的材料。

誰敢保證，強調「事實」的散文，會不會反而造成「社會真實」在這一文類當中的缺席。

不僅不問「到底是不是真的？」而是，根本就不應該問。

緊實地說，文學的「紀實」與「虛構」邊界之所以必須曖昧不明、之所以必須容許寫作的穿越，之所以不問「那是不是真的」，正是為了容許魍魎現身，更保護作者從文學場域返回現實之後，仍能免於「道德」的規訓。而這是文學的土壤之能夠持續肥沃，所需的自由。

繼續討論歧視

今天你們討論歧視。你記得昨天你們討論歧視。

你知道明天你們將繼續討論歧視。

你是每一個人你屬於這裡又不屬於這裡，你和他們沒有甚麼不同，可他們說你和他們終究有所不同。在車站席地而坐他們要你出去，穿上母親的高跟鞋他們要求你脫下，你和愛人牽起雙手他們便伸出戟指的手令你們驚恐地分開。你不被允許結婚。連在站牌下接吻都不被允許，但允許一年有幾天，你們能夠是你們自己。一年裡總有幾天。而在其他的日子裡，人群解散你們，像你的存在解散了人群。你站在黝暗的騎樓底下，左腳勾著右腳你的臉上有粗靡的妝容，他們便喚來警察他們害怕你把他們弄髒。

你活在一個乾淨無菌的城市裡城市像一個培養皿令你們討論歧視。其實你們也一樣清潔，他們說你是城市的細菌等候消毒他們說他們只是希望市容完整。你在炎夏的高架路底下尋求遮蔭，在深冬的廟埕委身，他們便再找來水柱，再次解散你們。你飲水你走過騎樓走過捷運，你舉起每一張建案的指路牌，紅燈轉綠，綠燈轉紅，有時你有洗澡有時你沒有。隊伍後面有男女說著話，車廂裡的人潮暗暗地解散你就知道該如何用一個人解散一群人。

你反覆拔著下頷的鬍髭，無法辨清來路與去向，高樓的窗玻璃上總是經年累月積著塵埃，而夕陽讓塵埃看起來更像是雨滴。

像眼淚，或者其他。你不明白，感覺自己不斷瓦解，沒有人在車站跳舞的城市，也沒有人在教堂祝禱。沒有人離鄉背井，也沒有母親離開自己的孩子去另一個島嶼撫養別人的孩子。沒有處女遠嫁的世界，沒有眾人在火車站說自己的語言等待別人來將他們傾軋。沒有男孩會再穿上女孩的裙子，沒有陌生男人在公廁裡解開他的拉鍊，沒有黑暗的城市容不下你。他們驅逐，清掃，消毒，拿水柱沖洗所有這些，讓一切都顯得健康而善良。沒有人罹患愛滋的城市裡，沒有人被迫從娼，沒有和生病的他們全都是乾淨的相同的理由也不再和以前一樣，讓你們討論歧視。讓歧視瓦解聽起來如謊亦如實，如一個你說了會先讓自己笑出來的笑話。明天你們討論歧視。

接下來你們將繼續討論歧視。

昨天你說，己所不欲勿施於人，昨天你讀到對歧視的辯解，今天你讀到報導台灣人對金髮碧眼的紐西蘭女孩如何友善。如何驅趕愛滋病童的每一張床，接著是捷運燈箱上亮起了為罕病兒童們募款的廣告。你感覺分裂，整座城市正一分為二，黑得發亮，亮得發黑。你感覺胃緊緊地縮了起來，有人在你身體裡面，用一把長了鋸齒的湯匙安靜地刮。讓你疼，讓你意欲呼喊，卻喊不出聲音。

你知道空間就是權力讓他們定義他們讓他們定義每一個你給你每一種名字。有人在省道邊舉起搭便車的牌子，遇到良善的居民；有人在省道邊舉起搭便車的牌子，引來了警察與神明。

在每一個你該出現的地方，在你不該出現的地方。你屬於這裡又不屬於這裡。昨天你們討論歧視，你們討論公平，討論，愛是恆久忍耐又有恩慈，但不要麻煩別人。不要困擾別人，不要阻擋火車站的動線你應該不要休假，要繼續工作要為別人創造更高的產值。

也有時候你跳舞。他們說你不該跳舞。他們說你總會惹出亂子。他們說你應該被更積極地管理。他們說你不該結婚不該壞了傳統的價值，他們說你是危險的。他們在城市裡畫出一個個狹小的空間比如說一張床的房間要求你待在那裡。要求你安靜，要求你乖順。要求你不暴露自己在每一個黃昏。他們說，這不是歧視，要你停止跳舞他們且裝作若無其事地繼續遊盪，你不該往千萬破窗裡逐一探視。

你在這城市裡但那些都不屬於你，即使是節日也不可以。他們說，這不是歧視，於是明天你們繼續討論歧視。

其實你們已經非常厭煩了。

你妝容花巧但聲音低沉，你擦乾淨每一只花瓶，定時服下控制病毒量的藥物，在工地用背脊頂住太陽，把夜班的晶圓放進正確的地方。你用束胸綁起自己的乳房不被允許愛另一個人，你們穿過他們穿過潔淨的人群，你也是他們的其中一個但你從不屬於他們。即使是一樣的空氣，陽光，花和水。你唱起歌他們審視你的膚色。你說話他們審視你的膚色。你喝酒他們審視你的膚色。有的人比較白皙有的人比較暗沉。膚色比較暗沉的人穿上西裝就可以成為另一種人。你知道階級，知道他們總是對膚色淺顯的人友善一些，其實他們都是健康友善的好人。你也是。你只是曬得比較黑，或者，你只是母親給了你這樣的樣貌。

你穿透他們在沒有人跳舞的車站整座城市都是善良的。

你知道他們都是好人。他們都是。

他們不是故意的。於是每一天過去，你們繼續討論歧視。在每一個相同的昨天，在每一個相同的明天。

善良的台灣人

台灣人善良，熱情，又好客。台灣人碰到外國人問路，不光告訴你怎麼去，若有時間，台灣人親自帶你去。台灣迫不及待把自己的善良拍進觀光局的影片，一二三，到台灣，台灣有座阿里山，外國人，來台灣，滷肉飯免費加滷蛋。善良的台灣人好學又勤讀，是以台北有了獨一無二的，二十四小時書店。

台灣還有全球最密集的便利商店，店員三頭六臂，包代收，包快遞寄件，包網購收件，包山又包海。更不會忘記您好，歡迎光臨，台灣人總是微笑，台灣人是善良的。

啊，婆娑之洋，美麗之島，台灣人怎可能不是善良的？

台灣人總是急著達成別人對自己的評價，生怕錯失一絲一毫。人家說台灣人善良，就趕緊變得善良；人家說台灣人好客，就趕緊把自己最好客的一面拿出來。可是，人家說想要入籍變成台灣人，台灣人卻說，你一定是瘋了。

你一定是瘋了。而這樣的瘋癲，又來自誰？

台灣人都是很善良的。這其中一定是有甚麼誤會……

*

台灣人，我們，都太習慣接受別人對於我們的看法，卻始終不知道自己是誰，不知道自己可以成為甚麼。

物質上，台灣人其實並不窮。然而近幾年來，台灣經濟停滯、國家發展方向曖昧不明，顯然已經讓台灣陷入了普遍性的不敢冒險與保守的傾向。

而也是這樣的保守，使我們的心靈變得貧窮。我們汲汲營營於自己的生活，放眼望去的生活啊它竟只存有於這樣的彈丸之地，我們不去看別人的生命，不去看這座島嶼上其實兩千三百萬人過著兩千三百萬種樣貌。電視上，哇啦啦，哇啦啦的建商又再高歌「台北房價還不足以與香港、新加坡比擬」，我們低下頭來；路邊賣著《大誌》的街友輕輕揮動著手中的書冊，我們低頭走過。台灣人學會了在多數時候掩面疾走，忘卻了島嶼的天空。

我們的心靈變得貧窮。台灣人的禮貌已變成了冷漠，相互尊重演變成逃避。保守，奪走了我們夢的自由。

我們甚至不再去想——台灣，妳是甚麼？而身為台灣人的我們，又能是甚麼。

過去的台灣，一度風光又自信。經濟上的成功讓我們擁有一個可供追憶的美好年代，現在卻有越來越多人拿出恐嚇的語言，告訴我們「如果不怎麼怎麼做，台灣就將沒有退路」。然而我們為甚麼要把自己逼到一無所有的路上呢？時常有人說，關於台灣的未來我們應該多一些想像力。但想像力是不會無中生有的。比如說我們都知道許多重要的議題，核能也好，性別問題也好，教育議題也好，甚至宗教的霸凌，所有這些，右派的人會說，一切都是經濟問題，要找出解法就必須把議題導向對多數人的利益才行。

但這是不對的。這樣的說詞，正好暴露出台灣近年以來喪失的其實是單純的、對於一件「對的事情」信仰的能力。如果那樣——有件事情，它對於多數人的實質利益並無正向幫助，甚至可能傷害到「現在的」多數人的道德情感，那我們還要做不做？比如說，同志婚姻？比如說娼妓的除罪化，又比如說，逐步廢止死刑？

那些貌似對社會有害的比如說死刑犯，比如說愛滋病患，台灣人拿出的不是善良，台灣人這時是正義的。

法務部長大筆一揮，一口氣處決六個，台灣人額手稱慶，台灣人歌舞昇平，殺得好，殺得好。殺雞儆猴，社會正義再次得到了實現，世界再度恢復了和平，台灣人要代替月亮來懲罰你。台灣人對麥當勞趕走唐氏症客人感覺憤怒，卻覺得政府趕走外籍愛滋感染者很合理。因為他們活該。因為他們道德有缺，因為他們都是自找的。台灣人一向不對活該的人有所寬容。台灣人有最高的道德標準。

台灣人群策群力，活捉強盜和小偷，在網路上樂當鍵盤柯南，卻對遠走高飛的經濟犯束手無策。

台灣人仇視醫生法官和律師。但把剝削勞工的資方，奉為經營之神。

告訴我，究竟怎麼做才是正確的。

*

台灣的公車站牌捷運月台，充滿了標語，鼓勵每個人扶老攜幼，禮讓老弱婦孺，請靠右站立，讓趕時間的旅客快速通過。台灣人都知道，酒後不駕車，駕車肇事的，台灣人充滿義憤，網路連署，像一隻隻揮舞的拳頭，擊掌喊聲，給他死，給他死。至少至少，也要給他關到死。台灣人路見不平，拔刀相助，台灣人在捷運上主動讓座。遇到那些不讓座的，痞著裝睡的，車上補妝的，就拿出智慧型手機拍攝放到網路上，人肉搜索，台灣人天生充滿正義感。

多麼善良，而憤怒的台灣人啊。台灣人憤怒，因為食品大廠總經理說，食品安全無法提升源於台灣人都貪小便宜。是的，所有人都說，他搞錯了吧，台灣人才不會為了省一塊兩塊，去買不安全的食品。台灣人只不過是會在汽油價格調漲前一日，牽著五十西西的摩托車，排半個小時加油，台灣人怎可能貪小便宜。台灣人憤怒，因為麥當勞經理喚來警察意圖驅趕唐氏症的無害女子，台灣人發起抵制麥當勞，麥當勞怎可迫害那無害的人。

從小熟讀《七俠五義》，台灣人都會唱《包青天》的主題曲。開封有個，包青天，鐵面無私，辨忠奸。

台灣人善惡分明，主張傷害人權的人沒有人權，一個土耳其人用他的大屌幹了數百個台灣女子，據稱還涉嫌斂財詐欺，台灣人說，那些跨國韻事都一定是性侵害，辦他，辦他。台灣人又舉起了手指，對租用了台鐵列車，在車廂裡合意性交的女子說，妳好可憐，誤入歧途的妳一定是性成癮症，要接受治療。對的永遠是台灣人，受傷害的永遠是台灣人。台灣人如此善良。

國軍沉痾許久，死了一個又一個。台灣人在臉書上吶喊，震怒，發起遊行了。台灣人說，出來面對，壞了台灣形象的老鼠屎，滾出去，滾出去。殺害妹妹醃製頭顱的人渣，給他死，給他死。江國慶屈打成招，砰的死了，冤獄，台灣人埋單國賠，還是咬牙說，死刑不能廢。倡導廢死的人渣，背叛了台灣人善良的秉性。牙還牙，眼還眼，善良的台灣人都在轟隆而喧譁，像一波波遠颺的雲系，充滿正義的雨滴。

落在臉上，也不知道是汗，是天空的渣滓，還是口水。

當今，台灣人所面臨最基本的難題，其實在於我們遵循了別人訂定的價值，但無法創造自己所相信的價值。

*

辦喜事的流水席霸占了巷弄，台灣人說，隔鄰家有喜事，恭喜恭喜，我們繞路就好了。看到新聞報導一對男同志撫養十歲的男孩，台灣人說，沒有把同性戀都應該吊在樹上燒死就已經很客氣了，為甚麼還要讓他們去摧毀一個小孩子的童年？台灣人肯定都是善良的。台灣人崇尚傳統家庭，三從四德，台灣人說要兩性平等屏除一切歧視，台灣人說，那些貼白人哈洋屌的，都是欲求不滿的破麻。

台灣人溫順，好客，又熱情。

善良的台灣人只是看不慣那些非我族類，在同一塊寶島上行走，呼吸，咳嗽與辯論。台灣許多和愛滋相關的政策，都在默許著「趕走」這件事情，台灣許多和勞工相關的政策，都在默許著「剝削」這件事情。台灣人說，颱風非雇主可控制之事，放有薪颱風假並不合理。台灣人說，關廠工人被拖欠薪資與退休金，應該去找雇主要，沒事幹嘛來臥軌，開車吧，全都壓死。台灣人說，我們要拒絕歧視，我們只是覺得菲律賓人很髒。善良的台灣人都說，他們同意政府應該更照顧勞工，他們同意弱勢應該被關照。可是他們甚麼都沒有做。

然後當有人出來做點甚麼的時候，就有更多人跳出來說「你不應該這麼做」。

善良的台灣人，總是默許一切的發生。

而面對這樣的困境，我們的突破點究竟在哪裡？

一直以來，蘋果日報的「人間異語」專欄幫助了最為底層的人奪回了部分的發言權，同時也偷渡著社會的壓迫，價值的欺凌，它一方面宣告了某種發聲的可能，另一方面則在陷入藍綠齟齬、貧富差距，乃至各種二元化議題主宰了台灣的言論平台之時，讓我們知道，其實世界的樣貌始終不只是我們所接觸到的那樣。類似這樣的敘事，或許正是化解此一困境的關鍵。

會不會，當我們多一點「敘事」，而終於能慢慢學會傾聽。學會在決定立場之前，先認識別人的眼界。

那樣的敘事可以是愛滋帶原者的生命，可以是華隆勞動者的血淚，可以是身障者的日常生活，可以是一個失業者的呢喃，可以是街友的掙扎。從那些故事當中——我們終將學會的是，思索自己與他者的關係，進而推廣到自己與社會的關係，乃至世界的關係。更推廣一些，台灣的南北社群對立，台灣與中國的競合，甚至於台灣與世界社群的互動，在這些「關係」當中，長久以來，我們欠缺的不就是從「已被設定好了的框架當中奮力脫身」的能力嗎？

我們太習慣接受別人對於我們的看法，卻不知道自己是誰，不知道自己可以成為甚麼。

或許敘事會是突圍的刺點。在千百萬種敘事當中，容許我們想像自己未來的模樣，容許我們停止被「如果不……就會……」的句型綁架。容許我們談論每一種明天的可能，容許每一個你我都擁有一種對於「台灣」的認同——在話語匯流，沖刷，洗滌的過程當中，應該會有一個我們都願意擁抱與接受的島嶼的臉孔，從西太平洋那豐沛的海潮當中湧現出來。

應該是這樣的，而我也願意這麼相信。

歡迎來到大說謊時代

從小，父親們說，你要說實話，不能說謊，要有正義感。看見錯的事情要挺身而出。孩子們說，好。母親說，你要愛其他的人，不要欺負別人，考試別作弊，作業不要抄別人的。孩子們說，好。從小，有一個故事關於華盛頓承認了他砍倒櫻桃樹，因為坦承而被他的父親原諒。孩子們說，好。

另一個故事則是，華盛頓之所以不被懲罰，是因為他手上還拿著斧頭。孩子們聽到這個故事，孩子們笑了。

為調查洪仲丘死亡案，其《大兵手記》軍方先說不見，後來找回，卻有多達半年內容空白，軍檢署說，經查是輔導長疏懶，督導不力。農委會二〇一二年五月自鼬獾檢出疑似狂犬病陽性反應，隱匿至今年七月才經媒體曝光。政大教授徐世榮在抗議現場過馬路，喊口號，遭警方以公共危險罪名逮捕，警政署的說法是，保護徐教授不被車子撞。副總統吳敦義說，自己擔任地方首長十六年，拆除過很多房屋，但沒有出現過任何衝突。

裸體的國王上街了，國王衣不蔽體。他說他穿著他的新衣。街頭的人群有人掩面，有人叫好。有人為此歡慶，頌德歌功。

但沉默的人群裡，沒有一個孩子說出真相。

有時你覺得小時候父親要求你說實話，母親則說誠實是美德，他們是不是騙了你。

滿紙荒唐言，報紙新聞刊登了的官員談話，像是電線杆上的各色標貼，撕去又貼上，貼上，又撕去。電視新聞台反覆播送政府的謊言，拆除前的充分溝通，食品安全絕無疑慮，他們說這，他們說那。總統說，自己支持度與施政滿意度雙低是因為推動改革，商總理事長張平沼堅持，調漲基本工資將使企業經營成本增加造成虧損、倒閉，勞方資方兩敗俱傷。

他們說這，他們說那。誰還相信呢？軍隊搪塞、軍檢說謊，政府簽服貿要偷偷摸摸，炒地皮的連任了繼續拆鄉親的房子，官商勾結的吃香喝辣，逍遙法外。這些事情天天播放，二十四小時的新聞台訊號很忙。問題從不在於是誰害死了人，不在狂犬病是如何進入病毒絕跡五十年的台灣。問題不在於商人如何黑心，將不該出現的塑化劑當做起雲劑加進食物。

問題在於，誰在甚麼時候，說了怎樣的謊言。

誰還相信呢，每個人或說或少都說過謊，善意的，惡意的，遮掩錯誤的。

可說謊往往讓事情愈來愈複雜，為圓第一個謊言，謊言如雪球般越滾越大，軍隊在高裝檢作假，血汗工廠在媒體參訪作假，販賣衍生性商品的業務說了謊，分散風險的房貸證券化，連動債權越拆越散，總有人買到最後一把，爆了。父親說，你要說實話，不能說謊，看見錯的事情要挺身而出。

可這世界，這社會，有一群人他們說話他們做事，卻不斷強化了掩蓋之必要，敷衍塞責之必要，說謊之必要，作假之必要。為何不理會洪仲丘求援的手勢，禁閉室人員說，他們以為洪仲丘舉手，是要請人幫忙壓腿。關鍵的八十分鐘閉路電視影像，號稱沒有人動手腳。一切都是技術問題，總在對的時間，出現對的Technical Problem。

那甚至連說謊都稱不上，他們只是否認。

否認一切對的，否認到底。於是大事化小，小事化無，說謊者堅持到底，真相就是他們的了。於是說謊被許可，甚至被鼓勵，要不斷地做像永無休止的伏地挺身，像鏟往民宅住居的怪手。像鼓吹自由經濟示範區是台灣未來的唯一解藥，像服貿協議帶來發展的幻夢，像無人入駐的竹南科學工業園區，像必然要完工的核電廠，像核電保證安全的口號。

母親說，你要愛其他的人。母親說，你不要欺負別人。考試別作弊，作業不要抄別人的。孩子們說，好。

戲劇，電影，小說裡，出現不合常理的情節，人們撇嘴說，這劇情太扯了。《愛在午夜希臘時》，Jesse和Céline寫實到荒謬的高級的吃飯，散步，爭執，人們說，這像一巴掌打在腦門，真愛只在電影小說裡有，真實到荒謬，連信都不該信。可新聞裡，狂犬病疫情越燒越旺，各界質疑農委會是否隱匿疫情，農委會則否認到底，甚至企圖卸責協助檢驗鼬獾屍體的台大獸醫系。官方來往的文件裡，各職責單位怎麼說，上層便怎麼信，連質疑也不，連基本的常理懷疑亦不適用。

是人們對藝術的標準高，還是藝術遠比不上現實的荒謬。

龐大的官僚體系，縱容權力位階構成的共犯關係，讓我們缺乏一個說出真相的孩子。哪怕只是一個也好。但說出來，無疑意味著你還要不要混下去。如果要，我們便保持沉默。於是孩子長大了。長大的青少年們學會了對彼此說，你幹嘛那麼認真，混一混就過去了。認真的就輸了。還有的說，其實作弊不可恥，可恥的是被抓到。轉眼青少年們變成了青年，彼此告誡，要生存下去就要保護自己，說點小謊沒問題的，畢竟社會就是這樣……

然後，然後。社會就是這樣。青年們懷著一些信念，選擇了某些價值。青年們成為了父親與母親。父親們說，你不能說謊，要說實話，要有正義感。看見錯的事情要挺身而出。他們的孩子們說，好。母親說，你要愛其他的人，不要欺負別人，考試別作弊，作業不要抄別人的。他們的孩子們說，好。

他們的孩子繼續在電視上看著，其他的大人，他們說這，他們說那。看著有人掩面說謊。有人說得理直氣壯。有人被自己的謊言說服了，更多的人，說著自己也不一定相信的事情。而沒有一個小孩，用他的童言童語，戳穿國王其實並無新衣的真相。

我們能否當個更誠實一點的人呢？

歡迎來到這個大說謊時代。

【代後記】沒有答案但還是問

四月底那天，只消一個上午，華光社區金華街鄰固建築便被整排拆除了。十四戶，牽動的人口數，在這城市裡幾乎少得不起任何作用，像一滴雨落進水庫，像雀鳥在車陣中的啼啾，不起任何漣漪，不被誰所聽聞。人們說，拆除戶之一的廖家牛肉麵已找定了新址，不愁再無清燉牛肉麵可吃食，人們說，違建本就該拆除，人們說，抗爭的人群被帶走只是剛好，違法的事情本就不該容忍。人們說，人們總有各種說法。

拆除的前夜，我在場。甫結束一天的工作，踱進金華街，卻看見警察在午後五點半就已架起的封鎖線與圍籬，把守夜的、抗爭的人群隔開在另外一側。

我們問，憑甚麼？沒有答案，但還是問。

像愛使我們發熱並發問。沒有答案但還是問。愛一個人，一座城市，一個國家。

這個世界上，本就有太多問題沒有答案，也不需要答案。比如說，為甚麼我們需要另一個六本木，更多的商場，更高的辦公大樓。又比如說，我們怎能眼看人民流離失所，只為成就都市中心另一樁錦上添花的開發案。比如說，誰來告訴我們，開發是否一定等於發展，發展是否一定等於幸福。這些問題，沒有答案，但我們還是問，還是問。直到質問的嗓音啞了，我們便唱，飲啤酒，轉吧轉吧七彩霓虹燈，城市的霓虹是金華街邊澄黃燈光最大的諷刺。

我們在夜空下唱歌，談笑，流淚。在圍籬的那一端，即將被拆除的屋舍閃爍著明滅的燈火，我們則在封鎖線這一端，無法觸及我們所想保護的地方，只能繼續唱更多的歌，談著各種失敗的笑，並且流淚。

其實拆除前一夜，我並沒有待得太晚。晚間十點十五分，現場來了逾百五十名警力，煞有介事地排在待拆的房屋前。我感覺被嘲弄，被我們越趨狡猾的國家狠狠地刮了臉，在那些被出賣的，專屬於我們一整個城市流變與世代的公共資產與記憶面前，這原是一個最荒謬的劇場，諷諭了這財團之城裡，我們無多的生存。

夜漸漸深了。警察的隊伍，戒備的姿態多麼像堡壘裡頭，全副武裝的傭兵們，他們可能也擔憂，也害怕，終究不知是保護著誰。這是怎樣的國家，讓人民白天上班，晚上抗爭。是怎樣的國家，讓警察隔絕了人民的國，和人民的家。

是怎樣的國家，把土地讓利給財團，還宣稱這將讓城市更繁榮。

拆除前夜，一個婦人騎著她的摩托車過來了。她說，「我回家的路呢！你們把路封住了，我怎麼回家……」當現場的人群開始騷動，往警察布署的圍欄前進，青年男女尖叫著憤怒地推上傾斜的圍籬，我仍掛心著隔日白天的採訪，低著頭，背向我抗爭的同胞們，回家了。

我畢竟不是衝組。但同在這城市裡，有些人，他們回不了家。

於是，那天上午的故事，我們都知道了。法務部在台北地方法院行政執行處的陪同下，拆除十四戶華光社區住戶，包含知名的「廖家牛肉麵」、「馬祖麵店」、「炒帽麵」等店家，都在此波拆遷之列。就在拆除行動風風火火進行之時，我先是採訪了一場散裝航商與六家銀行團授信逾五十億元額度的聯貸案，接著上路，趕往桃園航空城遠雄自貿港區，那蛋黃中的蛋黃，採訪另一場空運物流中心的動土儀式。

場景同樣是推土機與怪手的陣列，一邊是承諾了成長與開發的美麗未來，另一邊，則訴說了迫遷與流離失所的暴行。

正當金華街邊的建築被逐一拆除，轉為陽光明媚的午後，遠雄集團董事長趙藤雄說，台灣過去幾年來陷入產業發展政策的辯論，太注意公平正義、貧富差距這些問題，才讓台灣陷入空轉。他呼籲中央、地方到企業界重新啟動投資，唯有加強投資「方能把餅做大，」希望各界更著重產業發展，「不要一直把焦點放在公平正義的問題。」

當趙藤雄將金鏟插上動土沙堆，我感覺，也有一支非常粗暴的甚麼東西，插在我的心頭。

好比，那些宣稱著「不拆才是沒有正義」的我的同胞們，好比在鍵盤上敲入「不管是不是政治因素，拆了台灣才會更有競爭力」的我的同胞們。一座沒有身世，或說壓根不在意自己身世的城市，要我如何訴說它的偉大，它的美麗？一座空有巨蛋與高樓的城市，除了成為東京，新加坡，紐約與香港的擬仿物之外，能成為別的東西嗎？

我不明白。

若不討論公平正義，成長有甚麼意義？若不考量貧富差距，不考量如何守護每一筆記憶都具有同樣的重量，那麼即使城市變得更明亮了更發達了，又有甚麼意義？

這些問題我們問，明知沒有答案不會有答案的，但還是問。

財團還在擘劃著那些我們之外的圖像，構築台灣正經歷新起飛時期的幻景，高唱台灣同時具備與美國、中國、日本文化的連結，同時台灣的勞動者願意從微薄的薪水開始做起……我覺得齒冷。我想起拆除前夜，國家的權力把警察變成盾牌，把抗爭者變成暴民，當那些青年男女尖叫著踩上傾斜的圍籬，當一名警察殺紅眼了地追打一個大男孩，國家啊，你把這些人變成了甚麼。

而那些掌權掌錢的人啊，他們畢竟將是最後的勝利者，但他們卻從不必為每一個夜晚每一個白天，那不斷滾動的離散，苦難，與疼痛，肩負任何責任。

誰能告訴我，我們能成為甚麼，我們即將成為甚麼。

我們必須一直問那些無法得到解答的問題，直到解答終於浮現的那天。

不會有答案的，還是問。昨天我們在斷垣殘壁之間問，今天我們在海風呼嘯裡頭問，明天，我們在每一個抗爭的現場在吉他與歌唱之間，在每一個今天每一個明天每一個這樣的日子相似的日子，我們問。

比如說，告訴我，這是個怎樣的國家啊……

謝謝每一個同在的你

羅毓嘉《棄子圍城》新書分享會盛況
2013年12月7日，誠品信義店3F

國家圖書館預行編目資料

棄子圍城／羅毓嘉著. ——初版. ——臺北市：
寶瓶文化, 2013. 11
面； 公分. ——（island；213）
ISBN 978-986-5896-51-5（平裝）

855 102023245

island 213

棄子圍城

作者／羅毓嘉

發行人／張寶琴
社長兼總編輯／朱亞君
副總編輯／張純玲
資深編輯／丁慧瑋　編輯／林婕伃
美術主編／林慧雯
校對／張純玲・禹鍾月・陳佩伶・羅毓嘉
營銷部主任／林歆婕　業務專員／林裕翔　企劃專員／李祉萱
財務／莊玉萍
出版者／寶瓶文化事業股份有限公司
地址／台北市110信義區基隆路一段180號8樓
電話／(02) 27494988　傳真／(02) 27495072
郵政劃撥／19446403　寶瓶文化事業股份有限公司
印刷廠／世和印製企業有限公司
總經銷／大和書報圖書股份有限公司　電話／(02) 89902588
地址／新北市新莊區五工五路2號　傳真／(02) 22997900
E-mail／aquarius@udngroup.com

法律顧問／理律法律事務所陳長文律師、蔣大中律師
如有破損或裝訂錯誤，請寄回本公司更換
著作完成日期／二〇一三年九月
初版一刷日期／二〇一三年十一月二十六日
初版四刷日期／二〇二二年十二月七日
ISBN／978-986-5896-51-5
定價／300元

愛書人卡

感謝您熱心的為我們填寫，
對您的意見，我們會認真的加以參考，
希望寶瓶文化推出的每一本書，都能得到您的肯定與永遠的支持。

系列：island 213　**書名：棄子圍城**

1. 姓名：__________　性別：□男　□女
2. 生日：____年____月____日
3. 教育程度：□大學以上　□大學　□專科　□高中、高職　□高中職以下
4. 職業：__________
5. 聯絡地址：____________________
   聯絡電話：__________　手機：__________
6. E-mail信箱：____________________
   □同意　□不同意　免費獲得寶瓶文化叢書訊息
7. 購買日期：____年____月____日
8. 您得知本書的管道：□報紙／雜誌　□電視／電台　□親友介紹　□逛書店　□網路　□傳單／海報　□廣告　□其他
9. 您在哪裡買到本書：□書店，店名______　□劃撥　□現場活動　□贈書　□網路購書，網站名稱：______　□其他______
10. 對本書的建議：（請填代號　1. 滿意　2. 尚可　3. 再改進，請提供意見）
    內容：__________
    封面：__________
    編排：__________
    其他：__________
    綜合意見：____________________
11. 希望我們未來出版哪一類的書籍：____________________

讓文字與書寫的聲音大鳴大放

寶瓶文化事業股份有限公司

（請沿此虛線剪下）

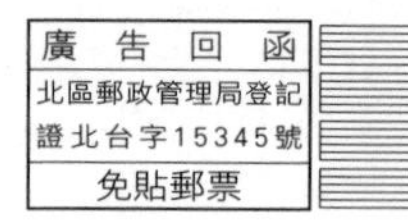

寶瓶文化事業股份有限公司　收
110台北市信義區基隆路一段180號8樓
8F,180 KEELUNG RD.,SEC.1,
TAIPEI.(110)TAIWAN R.O.C.

（請沿虛線對折後寄回，謝謝）